니콜로 장편 소설

FUSION FANTASTIC STORY

ARENA

아레나
이계사냥기

아레나, 이계사냥기 1

니콜로 장편 소설

초판 1쇄 찍은 날 § 2015년 3월 11일
초판 1쇄 펴낸 날 § 2015년 3월 18일

지은이 § 니콜로
펴낸이 § 서경석

편집부장 § 권태완
편집책임 § 박은정

펴낸곳 § 도서출판 청어람
등록번호 § 제387-1999-000006호
등록일자 § 1999. 5. 31
어람번호 § 제1-2075호

주소 § 경기도 부천시 원미구 부일로 483번길 40 서경B/D 3F (우) 420-822
전화 § 032-656-4452 팩스 § 032-656-4453
http://www.chungeoram.com
E-mail § chungeorambook@daum.net

ⓒ 니콜로, 2015

ISBN 979-11-04-90153-9 04810
ISBN 979-11-04-90152-2 (세트)

FUSION FANTASTIC STORY

니콜로 장편 소설

ARENA

아레나
이계사냥기

1

도서출판 청어람

ARENA

아레나
이계사냥기

CONTENTS

1장

김현호

지구에 70억 인구가 서식 중이다.

그중 술만 마셨다 하면 지랄 발광하는 인간의 숫자는 한 3억쯤 되겠지? 그 3억, 다 죽었으면 좋겠다. 진짜로.

편의점 야간 알바는 오늘따라 유난히 힘들었다.

새벽 1시쯤, 웬 술에 취해 꽐라가 된 아저씨가 맥주를 잔뜩 사서 혼자 퍼마시기 시작했다.

잔뜩 취해서는 계산도 하지 않고 과자, 아이스크림, 오징어를 꺼내 먹으려 들었다.

계산하고 드시라고 뜯어 말렸더니 너까지 나를 무시하냐며 폭언욕설에 주먹질······.

산뜻하게 경찰에 신고해 줄까 싶었지만, 더 귀찮아질까 봐 어떻게든 타일러서 진정시켰다.

지랄하다가 지친 아저씨는 혼자 엉엉 울며 가버렸다. 그 아저씨 인생도 참 지랄이었나 보다. 떠나는 뒷모습이 안타까웠다.

근데 그렇다고 나까지 지랄 같게 만들면 안 되는 거잖아?

엿 같은 야간 알바를 마치고 집에 돌아왔다.

어둡고 음습한 나의 지하 단칸방.

보증금 500만 원에 월세 30만 원.

가을에는 춥고, 겨울에는 더 춥고, 여름에도 밤 되면 추운 신기한 나의 던전이다. 옵션으로 장마철엔 천장에서 물이 샌다!

나는 옷을 홀랑 벗어던지고 두터운 이불 속에 기어 들어갔다. 난방이 안 돼서 추운데도 옷 벗고 자는 버릇은 못 고친 나도 꽤 신기한 놈이다.

잠을 자려는데 문득 스마트폰이 전화 왔다고 부르르 떨어댄다.

발신자는 엄마였다.

'끝내주는군.'

힘겨운 하루 일과의 마무리는 엄마로구나. 보나마나 잔소리나 실컷 들을 텐데.

'좋아, 씹자.'

나는 전화를 받지 않기로 했다. 알바 끝나고 돌아와 잠들어 버려서 못 받았다고 하면 되니까.

진동이 멎자 엄마가 포기했구나 싶었는데, 이번에는 딩동~ 하고 문자메시지가 도착했다.

[아들. 자는 척하지 말고 전화 받아. 안 그럼 용돈 삭감이다?]

……그래.

내가 누굴 속이랴.

다시 전화가 걸려오자 냉큼 받았다.

"여보세요."

―아들, 왜 전화 안 받았어?

"자는 척하느라 못 받았어."

―그래? 우리 아들 효자네.

"뭘, 이 정도쯤이야."

―용돈 삭감.

또 이런 식으로 용돈 갖고 사람 억압하네. 그런다고 내가 쫄 것 같아?

"잘못했어요."

쫀다. 난 곧바로 꼬리를 내렸다. 엄마는 호호 웃으며 말했다.

―공부는 잘하고 있고?

"이제 막 알바 마치고 돌아왔어. 자고 일어나면 해야지."

―2년 차 고시생이 잠이 오니?

"자꾸 아픈 곳 찌르지 마."

―아들, 오해하지 말고 엄마 말 들어봐. 아들은 머리가 돌이라 공부할 팔자가 아닌 것 같아. 그냥 집에 돌아와서 엄마랑 닭강정집이나 하지 그러니?

난데없는 직구.

오해할 여지가 조금도 없는 산뜻한 직격탄.

정신적 충격을 받은 나는 더듬거리며 대응했다.

"어, 엄마. 내가 공부를 안 해서 그렇지 머리는 좋아."

―엄마도 2년 전까지는 그런 줄 알았지 뭐니. 이제 쓸데없는

기대로 아들에게 무리한 일을 강요하지 않을게. 마냥 공부, 공부 하지 않고 적성에 맞는 진로를 찾아주는 게 참된 부모의 역할 아니겠니.

내 적성에 맞는 진로가 닭강정집 사장이라고 확신하는 말투였다.

두려움을 느낀 나는 급히 말했다.

"엄마, 그러지 말고 한 번만 기회를 더 줘. 이번에도 공무원 시험 떨어지면 엄마 뜻대로 닭강정을 볶으며 여생을 보낼게."

—당연하지. 아들 내년이면 서른이야. 옆집 편의점네 딸내미는 아들보다 두 살 어린데도 벌써 결혼해서 자식이 둘이라고. 편의점네가 얼마나 손자 자랑을 하는지 아니?

"또 그 소리."

그놈의 뚱땡이 편의점 아줌마. 또 엄마한테 손자 자랑을 한 모양이었다.

—우리 아들은 언제 여자 만나서 결혼할까…….

"일단은 내 인생부터 어떻게 좀 해보고 나서 며느리랑 손주에 대해 상의해 보자고요."

어떤 미친년이 29세 되도록 공무원 시험만 붙잡고 삽질하는 새끼를 좋아하겠냐고.

—그러니까 다 때려 치고 돌아와 닭강정…….

"끊을게."

통화 종료를 누르고 잽싸게 배터리를 뽑았다.

닭강정, 서른, 며느리, 손자, 다시 닭강정. 날 녹다운시키는 무시무시한 콤보다. 누가 닭강정 볶으며 살까 보냐?

물론 닭강정을 얕보는 건 아니다.

우리 엄마가 닭강정 불티나게 팔아서 우리 삼남매 전부 대학 보냈으니까.

하지만 힘든 일은 질색이야.

그냥 공무원 할래.

설렁설렁 일하고 꼬박꼬박 월급 타고 칼처럼 퇴근하며 살고 싶어.

답답함에 한숨이 나온다. 이불 속에 파고들어 눈을 붙였다.

정말로 가슴 언저리가 답답한 느낌이 들었다. 꽉 막히고 심장이 죄이는 듯한 압박감.

에이, 지랄. 이게 다 스트레스 때문이다.

한숨 푹 자고 나면 괜찮아지겠지.

나는 그렇게 잠들었다.

……그리고 꿈을 꾸었다.

*   *   *

정신을 차렸을 때, 나는 텅 빈 세상에 서 있었다.

무슨 헛소리냐고?

말 그대로다. 아무것도 없는 텅 빈 세상이었다.

풀도, 나무도, 색깔도 존재하지 않았다. 하늘과 땅이 온통 희었다. 끝없는 지평선이 공백으로 가득한 것이다.

섬뜩한 풍경이었다.

내 정신마저 하얗게 질릴 것 같은 압박감이 느껴졌다.

"뭐, 뭔 지랄이야 여긴?"

어떻게 아무것도 존재하지 않을 수가 있지? 마치 온 세상이 탈색된 것처럼!

당황하여 이리저리 둘러보았다.

……둘러볼 만한 게 아무것도 없다는 사실이 이렇게 무서울 줄은 몰랐다.

'꿈이다.'

난 그렇게 결론을 내렸다.

꿈이 아니고서는 설명이 되지 않는 상황이니까.

'자각몽은 오랜만이네. 근데 왜 꿈도 지랄 같으냐.'

그리 좋은 꿈이 아니니 어서 깨기로 마음먹었다.

꿈은 다 깨는 방법이 있지.

나는 하얀 땅바닥에 양손을 짚고 엎드렸다. 그리고는,

"지랄!"

쿵!

"아악!"

맨땅에 헤딩한 나는 이마를 붙잡고 정신없이 뒹굴었다. 아파서 두개골이 쪼개질 것 같았다.

"에이 씨, 뭐 이리 딱딱해."

하얀 땅바닥은 대리석처럼 단단했다. 적어도 내 머리보다 더 단단한 건 확실했다.

그때였다.

"반가워요, 시험자 김현호."

"우왓?!"

불쑥 울려 퍼지는 어린아이의 활기찬 목소리.

난 화들짝 놀랐다.

사방을 둘러봐도 목소리의 주인은 보이지 않았다.

'설마 귀신?

혹시 귀신에게 가위 눌린 건가 싶어서 오싹해졌다. 스멀스멀 밀려오는 두려움에 나는 버럭 소리쳤다.

"어디야! 나와!"

"여긴데요."

목소리는 위에서 들렸다. 난 고개를 들어 하늘을 올려다봤다.

정신이 멍해진다.

"천사?"

달리 표현할 길이 없었다.

미켈란젤로의 그림에서 튀어나온 듯한 아기 천사였다.

아무것도 입지 않아서 덜렁거리는 다리 사이의 번데기가 내 심기를 몹시 불편하게 한다.

"진짜 천사야?"

"그런데요."

번데기 달린 아기 천사 놈은 참새처럼 날개를 파닥거리며 내려왔다.

아…….

기가 찬다. 꿈에서 천사가 나오다니?

난 혹시나 싶어서 말했다.

"로또 번호 가르쳐 줘."

"싫어요."

번데기 천사는 딱 잘라 말했다.

명색이 천사이고 나이도 어린 자식이 참 건방지다.

엉덩이를 철썩철썩 때려줄까 싶었지만 꾹 참았다.

"그래그래, 알았으니까 이제 꿈에서 깨게 해줘."

"꿈 아닌데요."

"뭐?"

"방금 이마로 땅에 키스하면서 확인하셨잖아요."

그 말에 난 움찔했다.

"……봤냐?"

"네."

아기 천사는 작은 두 손으로 입을 가리며 푸히히 웃었다.

"꿈이 아니라는 걸 두개골로 느끼시던데요."

얼굴이 화끈거린다. 아 놔, 쪽팔려. 그런 추태를 보이다니!

"시험자 김현호가 자기 머리를 학대하셨을 때 꿈이라면 깨어날 수밖에 없는 통증을 느끼셨을 텐데요?"

히죽거리는 번데기 녀석의 표정은 정말 한 대 때리고 싶었다.

아기 천사가 말했다.

"아니면 한 번 더 시험해 보시겠어요?"

"어떻게?"

"음, 아까 로또 얘기 꺼내셨죠?"

"어. 알려주게?"

"아뇨."

또 나를 울컥하게 하는 번데기 자식.

"대신 로또 당첨 확률에 버금가는 일을 체험하게 해드릴게요."

"뭔데 그게? 연금복권?"

"아, 정말, 본인의 재정 상태가 묻어나는 말투를 구사하시네요."

부글부글.

"……그럼 뭔데?"

"벼락 맞아보실래요?"

멍…….

난 황당함을 느꼈다.

이 번데기 자식이 지금 나한테 뭐래? 로또 번호는 알려주지 못할망정, 지금 날벼락 맞아보겠냐고?

"죽을 정도는 아니고 약간 따끔할 거예요. 그럼 갈게요~!"

"자, 잠깐?! 난 아직……!"

파지지직!

"끄아아악!"

하얀 하늘에서 벼락이 떨어졌다. 나는 온몸이 기름에 튀겨지는 듯한 충격에 요동쳤다. 엄마한테 튀겨지는 닭강정이 이런 기분이었을까!

"자, 어떠세요?"

어떠냐고?!

"죽을 정도는 아니라면서?!"

난생처음 느껴보는 고통에 나는 버럭 화를 냈다. 포경 수술 때 마취 주사보다 100배는 더 아프잖아!

"진짜 벼락 맞으면 고통을 느낄 새도 없이 죽어요. 죽을 정도는 아니니까 아픈 거예요."

개소리를 지껄이며, 아기 천사 새끼는 날개를 파닥파닥 열심히 흔들며 내게 다가왔다.

가까이 얄미운 면상을 들이대며 이어서 말한다.

"꿈이라면 이렇게 아플 수 있을까요?"

"……!"

가슴 깊숙이 꽂혀드는 한마디.

알 수 없는 불길한 예감에 심장이 요동쳤다. 꿈이 아니면 여긴 대체 어디란 말인가?

"시험자 김현호."

가만…….

아까부터 저 자식, 날 시험자라고 불렀지? 시험자가 대체 무슨 뜻이야?

"시험자 김현호는 '율법'에 의해 시험자로 선택받으셨어요."

"율법?"

"신(神), 불(佛), 도(道), 진리(眞理). 인간은 다양한 명칭으로 부르죠. 하지만 그건 명명(命名)도 형언(形言)도 인격화(人格化)도 숭배(崇拜)도 불가능한 전 차원 우주 만물의 절대성이에요."

뭐라고 씨부렁대는 거지?

이해를 못하는 나에게 아기 천사가 혀를 차며 말했다.

"하느님 같은 거라고요. 이해를 돕기 위해 편의상 '율법'이라 부르는 거예요."

"한마디로 신, 절대자 뭐 그런 뜻이지?"

"네."

"그래, 아무튼 그 율법? 그 사람, 아니, 존재가 내게 무슨 볼일 이래? 시험자? 나한테 무슨 시험이라도 내릴 거래?"

"네."

"무슨 시험?"

"시험은 매우 힘들고 가혹한 싸움이에요. 죽을 수도 있는 위험한 사명이죠."

"무지 위험해서 죽을 수도 있어?"

"네."

"싫어, 안 해."

나는 단호하게 말했다.

이것들이 미쳤나? 신? 천사? 뭐 그런 거면 다야?

잘 살고 있는 사람한테 대뜸 힘들고 가혹한 일을 시키면 내가 할 것 같아?

아기 천사는 곤란하다는 표정으로 말했다.

"하셔야 하는데……."

"왜 나한테 그런 걸 시켜? 신? 그 율법더러 하라 그래. 신 같은 거니까 전지전능하겠네."

"시험의 궁극적인 목적은 못 가르쳐 줘요. 아무튼 시험자 김현호가 해야 해요."

"아무튼 난 싫어."

당사자가 싫다는데 어쩔 테냐? 난 그런 마음가짐으로 똥배짱을 부렸다.

아기 천사는 그런 날 뚱한 표정으로 바라본다. 아, 저 자식 덜렁거리는 번데기가 계속 눈에 거슬려.

"정말 싫어요?"

"그래, 이 번데기 자식아."

"정말로?"

"정말로."

"차라리 벼락을 맞을 정도로?"

벼락이란 말에 나는 움찔했다. 지금 협박하는 거야? 나도 오기가 치민다.

"그, 그래 자식아. 내 소중한 것이 네 번데기만큼 작아진데도 싫다!"

"헐…… 그건 정말 죽어도 싫다는 말씀이시네요."

"드디어 네가 내 진심을 알아주는구나."

나는 기특하다는 듯이 아기 천사를 바라보았다. 아기 천사는 근심 어린 얼굴이 되었다.

"저희는 강요하는 게 아니라 기회를 드리는 건데……. 선택은 시험자 김현호의 자유지만요."

"그래, 가혹하게 싸우다 죽을 찬스를 줘서 고맙다. 노 땡큐란다, 애야."

"휴우, 하는 수 없네요. 그럼 저승으로 보내드리는 걸로……."

"저승?"

나는 화들짝 놀랐다.

"얌마, 뭐야! 지금 날 협박하는 거야? 강요하는 게 아니라면서!"

"물론 협박도 강요도 아니에요. 시험이 싫다고 하시니까 예정대로 저승에 보내드리는 것뿐인데요."

"저승에 보내지 마! 이승으로 돌려보내 줘야지!"

아기 천사는 기가 막힌다는 듯이 날 빤히 쳐다보았다.

"시험자 김현호…… 설마설마했는데 정말 아직도 모르시겠어요?"

"뭘?"

"당신 죽었어요. 저희는 죽은 사람만 이곳에 데려온단 말이에요."

"……엥?"

"설마 저희가 멀쩡한 생사람 잡아다놓고 협박하겠어요? 저 보시다시피 천사라고요. 악마가 아니라."

밀려오는 황당함.

역시 이건 개꿈인가 하는 의심이 다시금 치밀었다.

"시험자 김현호의 사인(死因)은 심장질환이에요. 수면 도중 발작해서 골로 가셨어요."

말도 참 천사처럼 예쁘게 하는구나.

"그 말을 나더러 믿으라고?"

"물론 본인은 깊이 잠들어 있어서 자각을 못하셨겠죠."

"너한테 벼락 맞은 것 말고는 내 평생 죽을 만한 일이 없었어요. 아무런 징후도 없이 대뜸 자다가 골로 가는 게 말이 되냐? 내 나이에 무슨 심장질환이야?"

"잠들기 전에 가슴 언저리가 답답하고 통증을 느끼셨을 텐데……."

"……?!"

나는 깜짝 놀랐다.

기억난다.

확실히 심장 어림이 답답했었지.

"유전이에요. 시험자 김현호의 부친께서도 심장질환으로 돌아가셨죠?"

2장

첫 번째 시험

"어…… 그, 그건……."

소스라치게 놀라 말도 제대로 나오지 않았다.

아기 천사의 말은 틀림없었다.

아버지도 심장질환으로 돌아가셨다. 할아버지도 그렇게 돌아가셨으니까 너도 조심하라고 엄마가 당부했었다.

난 떨리는 목소리로 물었다.

"나 정말 죽은 거야?"

"안되셨네요."

참새처럼 파닥파닥 날갯짓하며 아기 천사가 날 위로했다.

전혀 위로가 되지 않는다.

내 나이가 겨우 29세.

남자로 태어나 아무것도 해보지 못했다.

번듯한 직업을 가져서 가족을 돌보지 못했고, 제대로 사랑을 해보지도 못했다.

내가 죽으면 가족은?

엄마는?!

엄마를 생각하니 억장이 무너졌다.

아버지가 병환으로 일찍 돌아가시고서 엄마는 힘들게 우리 삼남매를 키우셨다.

이래저래 속 썩였지만 난 엄마의 유일한 위안이었다.

그런데 나까지 이렇게 죽어버리면?

아직 제대로 효도 한 번 못해봤는데. 장난처럼 주고받은 어젯밤의 전화 통화가 우리의 마지막 대화였다고?

……이렇게 내 인생이 끝난 거라고?

"이렇게 죽을 순 없어!"

"그렇죠?"

"내가 뭘 하면 돼? 기회를 준댔지? 시키는 대로만 하면 나 살려주는 거지?"

"물론이에요. 제가 사기를 치겠어요? 저 천사라고요, 천사."

아기 천사는 우쭐한 표정으로 가슴을 탕탕 쳤다.

이런 놈이 천사라니 도리어 의심되는 거잖아! 8등신 미녀가 날개 달고 나타났으면 철석같이 믿었겠지.

"뭐든 하겠어. 그러니 날 살려줘."

"좋아요. 그럼 시험자가 되어 모든 시험을 완수할 때까지 최선을 다하겠다고 맹세하시는 거죠?"

"그래."

아기 천사는 활짝 웃으며 손뼉을 쳤다.

"야호, 시험자가 되신 걸 축하드려요."

"축하는 개뿔. 근데 방금 '모든' 시험이라고 했지? 시험이 하나가 아니라는 거야?"

"네, 공무원 시험 문제가 하나가 아니듯이 말이죠. 수십 차례의 시험을 완수하고 최종 목표를 달성해야 해요."

거기서 공무원 시험을 예로 들다니, 정말 이 번데기 자식이 얄미워진다.

"좀 너무하지 않아?"

"뭐가요?"

"죽을지도 모르는 위험한 시험을 수십 번이나 치러야 비로소 날 살려주겠다니 심하잖아!"

"아, 그건 아니에요. 시험을 한 번 완수할 때마다 열흘에서 길게는 2개월까지 휴식 시간을 드려요."

"휴식?"

"네, 휴식 기간 동안은 살던 현실 세계로 돌아가 머물 수 있어요."

"쉽게 말해 시험을 클리어할 때마다 내 수명이 열흘에서 2개월까지 연장된다는 거네."

"맞아요."

"그럼 만약에 시험 치르다 죽으면 어떻게 되는 거야? 혹시 영혼이 소멸된다든지……."

"그런 거 없어요. 그냥 원래대로 저승에 가시는 거니까 손해 볼 것 없어요."

……확실히 손해는 아니군.

"그리고 시험을 클리어할 때마다 보상을 드려요. 보상 내역에 따라 전보다 더 윤택한 삶을 누릴 수도 있죠. 물론 가장 큰 보상은 모든 시험을 완수하고 완전히 죽음에서 해방되는 거지만요."

이 천사 녀석이 날 속이는 것 같지는 않다.

비록 볼품없는 번데기를 달고 있는 놈이지만, 겉보기야 어쨌든 벼락도 떨어뜨릴 수 있는 대단한 녀석이잖아. 등에 날개도 달렸고.

그런 놈이 뭐 하러 날 잡아놓고 속이겠어?

시험이 얼마나 힘들지 모르겠지만, 이렇게 허망하게 삶을 마감하느니 발악이라도 해보는 게 낫다.

살아서 엄마 얼굴을 다시 보고야 말 거다.

"그럼 지금부터 시험에 대한 기본적인 사항을 알려드릴게요. 먼저 '석판 소환'이라고 말씀해 보세요."

"석판 소환? 그게 무슨……."

파앗!

갑자기 눈앞에 노트 크기의 석판이 나타났다.

"어? 뭐야?"

난 놀라서 허공에 둥실 떠 있는 석판을 바라보았다.

석판에는 뭐라고 적혀 있었다.

―성명(Name): 김현호
―클래스(Class): 1
―카르마(Karma): ㅁ

―시험(mission): 레드 에이프를 처치하라. (미달성)
―제한 시간(Time limit): 3ㅁ분 ㅁㅁ초

"이게 뭐야?"

"시험자의 이해를 돕기 위해 시험에 관한 사항을 간단하게 명문화시켰어요."

"……대충 알아먹겠는데, 클래스랑 카르마는 뭐야?"

"클래스는 시험자 김현호의 현재 역량이에요. 카르마는 쉽게 말해 시험 성적이라 보시면 되고요. 시험을 잘 치를수록 포인트를 많이 얻어요."

"포인트 많이 따면 좋은 거야?"

"그럼요. 시험을 클리어하고 얻은 카르마로 보상을 받을 수 있어요. 카르마를 많이 축적하면 그만큼 보상도 커지죠."

나는 유심히 생각하다가 다시 물었다.

"카르마로 얻을 수 있는 보상 중에 시험에 도움 될 만한 것도 있어?"

"당연한 말씀을. 좋은 무기도 얻고 무술·마법·초능력 등도 얻을 수 있죠. 카르마를 잘 써서 자신의 힘을 강화시켜야 모든 시험을 완수할 수 있는걸요."

그때, 석판이 허공에 흩어지듯 사라졌다.

"어라?"

"석판은 가만 놔두면 알아서 사라져요."

"석판 소환."

그러자 다시 석판이 눈앞에 나타났다.

아기 천사는 씨익 웃었다.

"석판은 환영에 불과하기 때문에 물리적인 영향력도 없고 타인의 눈에 보이지도 않아요. 그리고 아무 데나 집어 던지면 사라져 버려요."

"그래?"

난 석판을 집어 던졌다.

그러자 포물선을 그리며 날아간 석판이 뿅 하고 사라졌다.

거참 신기하네.

근데 아쉽다. 물리적인 영향력이 없다니 급할 때 방패나 무기로 쓸 수도 없는 거잖아.

아기 천사가 손뼉을 쳤다.

"자자, 그럼 모두 숙지하셨으니 첫 번째 시험을 시작할게요."

"잠깐!"

나는 급히 천사를 제지했다.

"뭘 모두 숙지해? 레드 에이프가 뭔지 가르쳐 줘야 시험을 치르든 할 거 아냐, 이 번데기 자식아!"

"그건 스스로 알아내셔야 해요."

"뭐? 얌마, 최소한 동물인지 식물인지 곤충인지라도……."

"됐고, 어서 가시기나 하세요."

아기 천사가 앙증맞은 손가락을 딱 튕겼다.

그러자 내 눈앞에 낡아빠진 문짝이 슉 튀어나왔다.

"시험의 문이에요."

"시험의 문?"

"그 문을 열고 나가시면 제2차원계 '아레나'에 도착하실 거예요. 아레나는 앞으로 시험자 김현호가 싸워 나가야 할 무대죠."

"아레나……."

"후딱후딱 문 열고 나가세요."

아기 천사가 파닥파닥 날갯짓하며 내 등을 떠민다.

알았다고, 이 새끼야. 어디서 포경수술도 안 한 자식이 이래라 저래라야.

나는 침을 꿀꺽 삼키고는 시험의 문의 손잡이를 잡았다.

끼이익—

열린 문틈으로 밝은 빛이 쏟아졌다. 눈부셔서 문 너머에 무엇이 있는지 보이지 않았다.

잠시 망설이다가 한 발짝 내딛었다.

그리고 기도했다.

문 너머로 나아갔을 때, 꿈에서 깨어나기를. 참 이상한 꿈이었다고 피식 웃으며 투덜거릴 수 있기를.

*   *   *

"에이, 지랄."

역시 꿈이 아니다.

내가 잠들어 있었어야 할 지하 단칸방 대신 울창한 숲이 날 반겼다.

울창하다 못해 징그러운 숲이었다.

끔찍하게 큰 활엽수가 한가득해 하늘이 안 보일 지경이고, 내 팔뚝보다 굵은 넝쿨들이 이리저리 얽혔다.

야생의 에너지가 넘쳐흐른다.

걸을 때마다 사박사박 풀 밟는 감촉이 생생하게 발바닥에 전해진다.

오랜만이다. 맨발로 걷는 것도.

"……응?"

맨발?

"헉! 이런 지랄이 있나!"

그제야 내가 무슨 꼴을 하고 있는지 눈에 들어왔다.

난 검정색 드로즈 팬티만 입은 알몸이었다. 잠든 차림 그대로 이곳에 끌려온 것이다.

울창한 숲에서 팬티만 입고, 이런 젠장. 내가 무슨 타잔이야? 최소한 옷이랑 신발은 줘야 할 거 아냐!

"하아……."

불평해 봐야 소용없지. 지금은 시험을 클리어하는 데 집중하자.

이 숲은 산을 끼고 있는지 경사가 있었다. 일단은 지형 파악을 위해 높은 곳으로 무작정 걸었다.

5분쯤 걸어서 야트막한 언덕에 도착한 나는 아래를 내려다보았다.

"이게 뭐야!"

난 경악하고 말았다.

숲은 너무 광활해서 끝이 보이지 않았다.

"석판 소환!"

─성명(Name): 김현호

─클래스(Class): 1

─카르마(Karma): ㅁ

─시험(Mission): 레드 에이프를 처치하라. (미달성)

─제한 시간(Time limit): 24분 43초

처음 주어진 시간은 30분. 이제 24분밖에 안 남았다.

레드 에이프가 뭔지 숲을 뒤지다 보면 알겠지 싶었는데, 이제 보니 그게 아니었다.

숲은 터무니없이 컸다.

이런 숲을 어떻게 30분 만에 다 뒤져?

레프 에이프가 뭔지 알고?

"말도 안 돼. 애당초 불가능한 시험이잖아!"

레드 에이프.

동물일 수도 있고, 식물일 수도 있다. 사람일 수도 있고, 난생 처음 본 괴물일 수도 있다. 저기 날아가는 새 이름이 레드 에이프일 수도 있는 거다.

아무것도 가르쳐 주지 않았다.

번데기 자식은 그냥 무작정 날 아레나에 보내 버렸다.

그래놓고는 제한 시간 30분?

이것들이 미쳤냐!

분통이 터진다.

어떻게든 살고 싶어 하는 놈 데리고 장난쳐? 조롱하는 거냐?

그때, 문득 아기 천사의 말이 떠올랐다.

"그건 스스로 알아내셔야 해요."

레드 에이프가 뭐냐고 묻자 이렇게 답했다.

별다른 당부도 없었다.

마치 동식물이 득시글거리는 이 숲에서 레드 에이프가 뭔지 알아내는 게 가능하다는 태도였다.

'그래, 침착하게 생각해 보자.'

나는 생각을 정리해 보았다.

첫째, 제한 시간은 고작 30분.

둘째, 레드 에이프가 뭔지 알려주지 않았다.

셋째, 불가능한 시험을 시켰을 리는 없다.

세 가지 전제조건을 바탕으로 생각을 해보았다. 레드 에이프가 뭔지 알아낼 방법이 있을까?

……있다!

어떤 생각이 섬광처럼 뇌리를 스쳤다.

레드 에이프가 뭔지 알 수 있는 방법. 찾아내는 데 30분도 안 걸리는 방법!

바로 레드 에이프가 먼저 날 습격하는 것이다!

공격당하게 되면 알고 싶지 않아도 그놈이 레드 에이프라는 걸 알 수밖에 없지 않은가.

그럼 제한 시간이 30분밖에 안 되는 이유도 설명된다.

처음부터 가까운 곳에 레드 에이프가 있었다면 제한 시간을 많이 줄 필요가 없는 것이다.

'바로 이거야.'

수학 문제를 푼 것처럼 강한 확신이 들었다.

막막하기만 했는데, 이제 보니 처음부터 힌트가 충분히 주어져 있었다.

그렇다면 다시 생각해 보자.

첫째, 레드 에이프는 처음부터 가까운 곳에 있었다.

둘째, 이 시험은 내가 레드 에이프에게 공격당하는 것을 전제로 하고 있다.

셋째, 5분쯤 돌아다녔는데 아직 레드 에이프를 발견하지 못했다.

정답은 하나.

날 발견한 레드 에이프가 내 뒤를 밟으며 공격할 기회를 엿보고 있는 것이다.

'내 뒤를 미행하고 있는데 발견할 수 있을 턱이 없지. 지금도 어딘가에 숨어서 날 보고 있을 거야.'

오싹.

그렇게 생각하니 머리털이 곤두설 것 같은 공포가 느껴졌다.

지금 여기 어딘가에서 놈이 날 지켜보고 있다.

날 공격하기 위해.

죽이기 위해.

'그렇다면……'

모종의 결심 끝에 나는 근처에 있는 나무에 등을 기대고 털썩 주저앉았다.

"아, 피곤해 죽겠다."

들으라는 듯이 혼자 떠들었다.

혹시나 레드 에이프가 사람 말을 알아들을 수도 있기 때문이었다. 사람일 수도 있고.

눈을 감고 낮잠 자는 시늉을 했다.

그러면서도 오른손은 땅을 더듬다가 적당한 크기의 돌멩이를 집었다.

'자, 네가 원하던 찬스다. 나와, 덤벼 보라고.'

사자, 호랑이, 표범처럼 내가 도저히 감당할 수 없는 맹수는 아닐 거다.

너무 신중하거든.

그런 맹수였으면 뭘 망설였겠어? 진즉에 날 덮쳐서 잡아먹었겠지.

아직 나타나지 않고 날 조심스럽게 미행한 이유는 하나다.

가진 힘이 나와 비슷하거나 나보다 약한 놈이기 때문이지. 내가 충분히 싸워 이길 만한 놈일 거야.

'어서 덤벼라. 어떤 새끼인지 생긴 것 좀 봐야겠다.'

그렇게 나는 약 3분간 낮잠 자는 시늉을 했다.

물론 속으로는 바짝 귀를 기울여 소리를 감지했다.

그리고 그때였다.

부스럭.

수풀이 흔들리는 소리가 들렸다.

'왔다!'

긴장감에 목이 바짝 탔다.

부스럭부스럭.

수풀 소리가 더 들린다. 이건 좀 부자연스러운데.

난 내심 킥 웃었다.

'약아빠진 새끼가.'

지금 일부러 소리 낸 거다. 내가 확실히 잠들었는지 확인하는 것이다.

난 움직이지 않았다. 계속 고르게 숨을 쉬며 자는 체했다.

이윽고 조심스러운 발소리가 미세하게 들리기 시작했다.

매우 날렵하고 조심스럽지만, 풀 밟는 특유의 소리를 완전히 없애지는 못했다.

사박, 사박.

점점 가까워진다. 내가 잠들었다고 확신하는 모양이다.

돌멩이를 쥔 오른손에 경련이 일어날 것 같았다. 당장에라도 눈을 뜨고 벌떡 일어나 돌을 던지고 싶었다.

'아직 아니야.'

참고 버텼다.

사박거리는 발소리가 마침내 충분히 가까워졌다.

심장이 터질 것 같다.

'지금!'

나는 벌떡 일어나 돌멩이를 던졌다.

퍼억!

날아간 돌멩이가 이마에 적중되어 피가 터졌다.

"끼룩!"

괴이한 비명 소리.

녀석은 피 나는 이마를 부여잡고 허우적거렸다.

놈을 때려눕힐 절호의 찬스였지만, 나는 너무도 놀라 온몸이 딱딱하게 굳어버렸다.

녀석, 레드 에이프의 정체 때문이었다.

3장

클리어

머리 하나에 팔다리가 한 쌍씩.

이목구비와 직립보행.

구부정한 허리, 유난히 긴 팔, 온몸을 덮은 붉은 털.

"유인원?"

그랬다.

레드 에이프의 정체는 유인원(類人猿)이었다. 인간과 원숭이를 반씩 섞어놓은 인류 조상 같은 거 말이다.

인간보다는 원숭이에 더 가까운 생김새였지만, 얼굴 표정으로 놀라움과 아픔이란 감정을 표현하는 특징까지 인간과 유사했다.

'저걸 처치하라고?'

닭 한 마리 못 잡는 나다.

그리고 차라리 동물이 낫지, 저건 인간과 유사한 놈이었다.

"키룩! 끼루룩!"

녀석은 나와 생각이 다른 모양이었다. 화난 얼굴에 날 죽일 생각이 가득해 보인다.

녀석의 오른손에 끝이 뾰족한 돌덩이가 쥐어진 게 보였다.

'저건 주먹도끼잖아?'

이런 젠장.

뗀석기 무기를 만들 정도의 지능도 있는 모양이다.

'저걸로 맞으면 골로 간다!'

시발, 괜히 망설였다. 기습에 성공했을 때 달려들어 저것부터 뺏었어야 했는데!

"끼루룩!"

크게 소리를 지르며 날 위협하는 레드 에이프. 나도 모르게 흠칫 놀라 뒷걸음질을 치고 말았다.

그건 명백한 실수였다.

내가 물러서자 놈은 자신감을 얻었다. 조금씩 거리를 좁혀오기 시작했다.

다행히 녀석의 덩치는 기껏해야 150센티미터 정도. 팔다리도 가늘어서 그다지 완력이 세 보이지 않는다.

'나도 뭔가 무기를 하나……'

던질 돌멩이 없나 하고 땅을 잠간 내려다볼 때였다.

"키룩!"

잠깐 시선을 딴 데 돌리자, 기다렸다는 듯이 레드 에이프가 덤벼들었다.

"헉!"

놀란 나는 저도 모르게 왼팔로 막았다. 주먹도끼가 팔뚝을 찍었다.

퍼억!

"아아악!"

내 입에서 절로 비명이 터졌다. 왼팔 근육이 찢어질 것처럼 아팠다. 눈물이 쏟아진다.

"이 새끼가!"

나 역시 화가 나서 앞뒤 가리지 않고 돌진했다.

잽싸게 주먹도끼를 쥔 녀석의 오른 손목을 붙잡았다.

꽉 쥐고 비틀자 녀석은 비명을 지르며 주먹도끼를 떨어뜨렸다.

'됐다!'

힘은 내가 더 세다. 무기만 없으면 내가 유리한……

부욱!

"악!"

주먹도끼만 무기가 아니었다.

녀석의 손톱 또한 날카로운 무기가 된다는 것을 나는 왼뺨으로 느꼈다.

그나마 반사적으로 고개를 돌린 덕에 이 정도로 그쳤지, 하마터면 눈을 당할 뻔했다.

하지만 한숨 돌릴 틈이 없었다.

손톱에 이어 송곳니 또한 녀석의 무기였다. 그걸 증명하듯 레드 에이프는 내 왼쪽 어깨를 힘껏 깨물었다.

콰직!

"크악! 뇌, 씨발!"

비명을 지르며 나는 녀석을 떼어내기 위해 몸을 흔들고 주먹으로 후려쳤다.

녀석은 악착같이 내게 매달려 이빨을 더 깊이 박아 넣었다.

녀석의 송곳니는 길고 날카로웠다. 진화하면 흡혈귀가 되지 않을까 싶을 정도였다.

고통 속에서 허우적대며 나는 패닉에 빠졌다.

덩치가 작아서 얕봤는데, 이제 보니 전혀 내가 유리한 싸움이 아니었다.

아마도 이런 싸움을 여러 차례 겪었을 레프 에이프에 비해, 나는 평생 싸움 한 번 안 해본 일반인이었다.

할퀴어진 뺨과 깨물린 어깨에서 피가 계속 철철 흘렀다.

'이러다 죽겠어!'

공포를 느낀 나는 다급히 주위를 둘러보았다.

문득 나뭇가지에 얽힌 넝쿨줄기가 눈에 들어온다.

저거다 싶었다.

한줄기 희망을 발견한 나는 그쪽으로 다가갔다.

그런 내게 매달린 채 녀석은 여전히 내 어깨를 깨무는 데 정신 팔려 있었다. 꿀꺽꿀꺽, 녀석의 목울대가 움직이는 걸 보니 소름이 끼쳤다.

징그러운 새끼!

이 자식은 지금 내 피를 빨아먹는 데 정신 팔려 있는 것이다.

녀석을 왼팔로 끌어안고, 오른손으로 나뭇가지에 얽힌 넝쿨을 풀어헤쳤다.

그제야 녀석은 뭔가 이상함을 느끼고 정신을 차렸다.

하지만 이미 늦었다.

날렵하게 넝쿨로 녀석의 목을 휘감았다.

"키룩?!"

비로소 완강히 저항하는 레드 에이프.

난 오른손에 쥔 넝쿨을 있는 힘껏 잡아당겼다.

넝쿨이 녀석의 목을 강하게 조였다.

"끼룩……!"

"죽어, 개새꺄!"

내가 죽을 판이었기에 나는 미친 듯이 넝쿨을 잡아당겨 녀석의 목을 졸랐다.

안색이 창백해진 레드 에이프. 격렬한 몸부림도 점차 약해진다.

시간이 얼마나 흘렀을까.

녀석은 눈이 뒤집힌 채 입에 거품을 물었다.

그제야 광기에서 벗어난 나는 내가 무슨 짓을 했는지 깨달았다.

"으악!"

넝쿨을 놓고 물러났다.

쿠웅!

레드 에이프의 시체가 땅에 떨어져 나뒹굴었다. 나는 숨을 헐떡거리며 시체를 바라보았다.

'이게 정말 내가 한 짓이란 말이야?'

격렬하게 움직이던 살아 있는 동물이 싸늘한 시체가 되어 있다. 매우 고통스러운 표정을 지은 채.

내가 저렇게 만들었다.

안전과 평범함을 좌우명 삼아 한심하지만 평화로운 삶을 살아온 나였다.

그런 나에게도 이런 폭력성이 존재했다니 스스로도 믿겨지지 않았다.

'젠장.'

찜찜한 기분을 떨쳐 버리기 위하여, 나는 석판을 소환했다.

—성명(Name): 김현호
—클래스(Class): 3
—카르마(Karma): +5ㅁㅁ
—시험(Mission): 레드 에이프를 처치하라. (달성)
—제한 시간(Time limit): ——

석판의 바뀐 지표는 내가 시험을 클리어했음을 알려주고 있었다.

이윽고,

파앗!

하고 눈앞에서 불쑥 낡은 문짝이 솟아났다. 시험의 문이었다.

끼익—

나는 문을 열고 안으로 들어갔다.

이제 지쳤다. 쉬고 싶어.

＊　　　＊　　　＊

뿌우— 뿌우—

"축하해요! 와우, 엄청난 성적을 거두셨네요!"

아기 천사는 날파리처럼 날아다니며, 어디서 구했는지 작은
나팔을 요란하게 불어댔다.

축하한다고?

내가 지금 네 장난에 장단 맞출 기분인 줄 알아?

"시끄러워!"

나는 버럭 소리를 질렀다.

그제야 아기 천사는 나팔을 입에서 떼고 날 빤히 바라보았다.

"어라, 화난 거예요?"

'젠장.'

난 끓어오르는 분노를 꾹 눌러 참았다.

그런 내 마음을 아는지 모르는지 아기 천사는 내 어깨를 툭툭
두드린다.

"인간과 유사한 동물을 살해하셔서 기분이 불편하죠? 뭐, 어
떡하겠어요. 익숙해지셔야죠."

"이 지랄 같은 기분에 익숙해지라고? 네 눈에는 내가 그럴 수
있는 인간으로 보이냐!"

"네, 그렇게 보이는데요."

천사의 대답에 도리어 내가 꿀 먹은 벙어리가 되었다.

아기 천사가 말했다.

"레드 에이프가 식인종이라는 걸 눈치채셨죠?"

"……당연하지."

날 미행하며 호시탐탐 공격 기회를 노린 건 사냥을 위해서였겠지. 그리고 내 어깨를 깨물어 피를 열심히 빨아먹던 그 징그러운 모습…….

놈의 눈빛에 서린 광기는 바로 식욕이었다.

"죽이지 않았으면 시험자 김현호는 비참한 최후를 맞았겠죠. 자연의 법칙처럼 당연한 싸움이었어요. 누가 먹이사슬의 포식자를 지탄하던가요? 포식자에게 맞서는 것을 죄라고 하던가요?"

"나도 알아. 죄책감 같은 건 느끼지 않는다고!"

나는 부르르 떨며 말했다.

"다만 내게 그런 폭력성이 있었다는 게 두려울 뿐이야."

"아레나에서 시험을 치르는 동안에는 법의 보호를 받을 수 없어요. 시험자 김현호는 앞으로도 생존을 위해 폭력을 수단으로 삼아야 해요."

"……."

"에이, 그보다 좀 기뻐해 보세요. 첫 시험에서 3클래스에 500카르마라고요. 이게 얼마나 대단한 성적인 줄 아세요?"

"대단한 성적은 개뿔! 내가 이렇게 만신창이가 되었는데……어라?"

말하다 말고 나는 깜짝 놀랐다.

온몸의 상처가 씻은 듯이 사라져 있었던 것이다. 주먹도끼에 맞은 팔뚝도 깨물린 어깨도 모두 말끔했다.

"시험의 문을 통과하면 모든 상처와 병이 말끔히 치유돼요."

"거참 편리하네."

"당연하죠. 시험자 김현호의 심장질환도 시험의 문을 통과하면서 사라졌는데."

"진짜?"

"네, 이제 심장질환으로 죽을 염려는 안 해도 되요. 기쁘죠?"

"어, 더럽게 기쁘다. 이제 시험 치르다 뒈지지 않는 한 죽을 염려는 없겠네. 와, 기뻐라. 천년만년 살 것 같아."

"에이, 또 그러신다. 그만 비아냥거리고 들어보세요. 다시 말하지만 첫 시험에서 시험자 김현호는 손꼽힐 정도의 성적을 거두셨다고요."

"내가 뭘 그렇게 잘한 거야? 간신히 목숨 건졌는데."

"레드 에이프에게 고전한 건 폭력에 익숙하지 않았을 뿐이죠. 전문적인 훈련과 지식은 앞으로 얼마든지 쌓을 수 있어요. 높은 평가를 받은 건 시험자 김현호의 판단력이에요."

"판단력?"

"네, 주어진 모든 힌트를 캐치하고 레드 에이프가 숨어서 노리고 있다는 걸 알아차리기까지 6분도 안 걸렸어요. 보통은 시험자 김현호처럼 하지 못해요."

저렇게 들으니 갑자기 내가 대단하게 느껴진다.

"네 말대로 내가 그렇게 대단한 놈이라면, 대체 왜 공무원 시험은 계속 떨어진 거야?"

"시험자 김현호의 판단력은 위기를 느껴야 발휘돼요. 즉!"

아기 천사가 말을 이었다.

"아직 배를 안 곯아봐서 정신을 못 차린 거죠. 공부 안 하면 죽는다고 협박이라도 받았다면 진즉에 합격했을걸요?"

"……"

정론이라 할 말이 없었다.

"석판을 확인해 보세요."

"석판 소환."

나는 석판을 소환했다.

―성명(Name): 김현호
―클래스(Class): 3
―카르마(Karma): +500
―시험(Mission): 다음 시험까지 휴식을 취하라.
―제한 시간(Time limit): 11일

내용이 또 바뀌었다. 그리고 11일이라는 휴식 시간이 주어졌다. 내 죽음이 11일 보류된 셈이었다.

"현실 세계로 돌아가시면 오전 11시에 잠에서 깨어날 거예요. 그래도 모든 게 꿈이었다고 착각하시면 곤란해요."

"보상은? 카르마로 보상을 받을 수 있다면서?"

"현실 세계에서 석판을 소환해 보시면 보상받는 방법을 알게 돼요."

"현실에서도 석판을 소환할 수 있어?"

"네, 어차피 석판은 타인의 눈에는 보이지 않아요."

"알았어."

아기 천사는 앙증맞은 손을 내게 흔들어보였다.

"자, 그럼 즐거운 휴식 시간 되세요."

딱—

아기 천사가 손가락을 튕기자, 또 시험의 문이 솟아났다.

나는 문을 열고 걸음을 옮겼다.

*   *   *

잠에서 깨어나 스마트폰을 확인해 보니 1분의 오차도 없이 정확하게 오전 11시였다.

주위를 둘러보니 나의 정겨운 지하 단칸방 풍경이 눈에 들어왔다.

'살았다!'

죽을 위기를 겪었기 때문일까. 지겹다고 생각했던 일상으로의 복귀가 이렇게 기쁠 수가 없었다.

'근데 전부 꿈 아냐?'

불쑥 의심이 들었다.

혹시 내가 아주 생생한 개꿈을 꾼 게 아닐까?

꿈인지 진짜인지 확인할 수 있는 쉬운 방법이 있었다.

"석판 소환."

석판이 나타났다.

─성명(Name): 김현호

─클래스(Class): 3

—카르마 (Karma): +5ㅁㅁ

—시험 (mission): 다음 시험까지 휴식을 취하라.

—제한 시간 (Time limit): 11일

—카르마로 보상을 받을 수 있습니다. 보상을 받으려면 석판을 소환한 채 '카르마 보상'이라고 말씀하세요.

꿈이 아니었구나. 내심 기대했었는데.

주어진 11일이 지나면 또다시 아레나라는 이상한 세계에 끌려가 목숨 걸고 싸워야 되겠지.

레드 에이프는 약한 녀석이라 어찌어찌 이길 수 있었지만, 두 번째 시험에서는 어떤 괴물이 나올지 장담 못한다.

카르마로 보상을 받아서 좋은 무기를 얻든 어떤 능력을 얻든 강해져야 했다.

"카르마 보상."

그렇게 말하자, 석판의 글씨가 꿈틀거리며 변하기 시작했다.

—원하는 보상을 선택하십시오.

1. 스킬: 능력을 습득합니다.

2. 아이템: 무기, 방어구, 기타 물품을 습득합니다.

3. 기타: 현실 세계의 물건을 아이템으로 만듭니다. 아이템화된 물건은 시험에 반입할 수 있습니다.

—잔여 카르마: +5ㅁㅁ

"음…… 스킬?"

내 말에 또다시 석판의 글씨가 변했다.

―원하는 스킬 종류를 선택하십시오.

1. 메인스킬: 시험 수행에 필요한 시험자의 기본 능력. 시험자의 역량을 결정짓는 가장 중요한 스킬로, 딱 하나만 선택 가능합니다. 시험자의 자질에 따라 습득할 수 있는 메인스킬이 한정됩니다.

2. 보조스킬: 메인스킬 이외에 시험자에게 도움을 주는 스킬로, 조건에 따라 얼마든지 선택 가능합니다.

―잔여 카르마: +500

메인스킬은 딱 하나만 선택할 수 있고, 보조스킬은 여러 개 습득할 수 있는 모양이었다.

한마디로 전공과목과 교양과목이로군.

'그렇다면 가장 중요한 건 메인스킬이겠네.'

나는 메인스킬을 먼저 습득하기로 했다.

"메인스킬."

―시험자 김현호의 자질에 맞는 메인스킬은 2개입니다. 원하시는 메인스킬을 선택하십시오.

1. 오러 컨트롤: 생명력의 근간 에너지인 오러를 컨트롤하여 한계를 뛰어넘는 신체 능력을 얻습니다.

＊초급 1레벨: 체내의 오러를 다룰 수 있게 됩니다. (—4ㅁㅁ)

2. 정령술: 정령과 계약하여 대자연의 힘을 사용합니다.

＊선택 가능한 정령 속성: 불, 바람.

＊초급 1레벨: 하급 정령을 2시간 동안 소환할 수 있습니다. 정령의 힘을 사용 시 소환 시간이 감소합니다. (—4ㅁㅁ)

—잔여 카르마: +5ㅁㅁ

4장

보상

ARENA

오러 컨트롤과 정령술이라…….

설명을 읽으니 대충 어떤 능력인지 알 것 같았다.

오러 컨트롤은 단전호흡으로 기(氣)를 얻는 동양사상과 비슷한 개념 같았다.

반면 정령술은 정령을 소환해서 싸우게 할 수 있는 능력으로 추측된다.

'정령술이 더 좋아 보이네.'

생각해 봐라.

오러 컨트롤은 오러로 강화된 육체로 직접 싸워야 한다. 근데 정령술은 정령을 소환해서 대신 싸우게 할 수 있다.

단연코 후자가 더 안전한 방식이다!

으음, 그나저나 (-400)라고 쓰여 있는 건 아마 습득하는 데

400카르마가 소모된다는 뜻이겠지?

현재 총 500카르마를 갖고 있으니, 정령술 초급 1레벨을 선택하면 100카르마가 남는다.

'남은 100카르마로 뭘 해야 하지?'

잠시 궁리하다가 나는 석판에 대고 말했다.

"100카르마로 얻을 수 있는 무기를 전부 보여줘."

그러자 석판의 글씨가 또다시 변했다. 이 석판에 딸린 인공지능 정말 끝내주는군.

─원하는 무기 종류를 선택하십시오.

1. 도검
2. 창
3. 둔기
4. 암기
5. 활
6. 기타

─잔여 카르마: +500

좋아, 난 위대한 검객이 되겠어!

……라며 1번을 선택하는 일은 당연히 없었다. 미쳤냐? 이게 무슨 판타지 소설인 줄 알아?

당연히 원거리 무기가 안전하고 현명한 선택이다.

하지만 원거리 무기인 5번 활은 충분히 숙련된 사람이 아니면 다루기 어려울 것 같았다.

총 같은 건 없나?

소총 사격은 자신 있는데. 군대에 있을 때 사격으로 포상휴가도 종종 탔었으니까.

"6번 기타."

혹시나 하는 마음에 6번을 택했다.

—1만 카르마로 선택 가능한 기타 무기류 목록입니다. 원하는 무기를 선택하십시오.

그 밑에 온갖 무기 이름이 주르륵 나열되었다. 슬링, 너클, 독침 등 하나같이 사용하기 난해한 무기들이었다.

그런데 쭉 훑어보다가 열두 번째 항목에서 내 시선이 멈췄다.

"있다!"

놀랍게도 총이 있었다.

12. 전장식 마법소총: 총구에 총알을 넣어 장전하는 전장식 소총입니다. 장전 후 방아쇠를 당기면 내장된 반발 마법이 총알을 강하게 튕겨내 발사합니다. 조작이 쉽고 견고합니다. (—1만)

＊유효사거리: 6m

＊최대사거리: 15m

＊납구슬탄 1만발과 탄알집 혁대가 추가로 제공됩니다.

딱 100카르마짜리 소총.

장단점이 매우 뚜렷한 무기였다.

일단 총을 쏠 때마다 일일이 총알을 총구로 집어넣어 장전해야 하는 게 불편할 듯했다.

사거리도 짧고, 총알이 동그란 구슬 형태라 관통력도 약할 것 같았다.

하지만 조작이 쉽고 견고하다는 점이 마음에 들었다. 게다가 화약을 쓰는 무기가 아니니 더 안전하고 소음도 작을 터.

"됐어, 무기는 이걸로 하자."

그나마 내가 다룰 수 있는 무기는 총밖에 없으니까.

500카르마를 어떻게 써야 할지 계산이 섰다.

결심은 굳힌 나는 석판에 대고 말했다.

"정령술 초급 1레벨과 전장식 마법소총을 구매하겠어."

─정령술 초급 1레벨을 선택하셨습니다. 계약하고 싶은 정령을 선택하십시오.

1. 불의 정령 카사

2. 바람의 정령 실프

"실프."

사격에 있어 풍향(風向)처럼 중요한 게 없다. 바람의 정령과 소총은 좋은 조합이 될 거라는 계산이었다.

파아앗!

별안간 석판에서 빛이 뿜어져 나왔다. 눈이 부셔서 손으로 얼굴을 가려야 했다.

잠시 후 빛이 멎었다.

석판에 쓰인 글씨가 변해 있었다.

─정령술(메인스킬) 초급 1레벨을 습득했습니다. '스킬 확인'이라
고 말씀하시면 습득한 모든 스킬을 확인할 수 있습니다.

─전장식 마법소총을 습득했습니다. '무장'이라고 말씀하시면 보
유한 무기가 소환됩니다. '무장해제'라고 말씀하시면 무기가 사라집
니다.

─탄알집 혁대를 습득했습니다. '착용'이라고 말씀하시면 보유한
장비가 소환됩니다. '장비해제'라고 말씀하시면 장비가 사라집니다.

─잔여 카르마: ㅁ

어디 보자.

스킬 확인, 무장, 무장해제, 착용, 장비해제…….

나는 석판을 꼼꼼히 읽어보며 명령어를 하나씩 시험해 보기
로 했다.

"스킬 확인."

그러자 즉각 석판에 새로운 글씨가 나타난다.

─정령술(메인스킬): 바람의 하급 정령 실프를 소환합니다. '실프'

라고 말씀하시면 소환됩니다.

　　*초급 1레벨: 소환 시간 2시간. 실프의 힘을 사용 시 소환 시간이
감소합니다.

　"실프."

　한 줄기의 바람이 휭 불어와 내 얼굴을 한 바퀴 감싸고 지나
갔다.

　이윽고 작은 돌개바람이 한데 뭉쳐서 불투명한 형상을 만들
어냈다. 바람의 정령 실프가 모습을 드러낸 것이다.

　실프의 생김새는……

　―냐앙.

　"고양이?"

　나는 깜짝 놀랐다.

　불투명한 모습의 작은 새끼 고양이가 야옹거리며 날 친근하
게 쳐다보고 있었다.

　사뿐히 어깨에 올라와 내 뺨에 얼굴을 부비는 실프.

　아, 굉장히 귀여웠다.

　"반가워."

　―냥.

　실프도 내가 반가운 듯했다. 쓰다듬어주자 갸릉거리며 좋아
했다.

　좋아.

　정령술은 확인했고, 이제 아이템도 한번 확인해 보자.

　"무장, 착용."

명령어 두 개를 연속으로 말했다.

팟! 파앗!

오른손에 전장식 마법소총이 쥐어졌다. 허리에 탄알집이 부착된 가죽혁대가 둘러졌다.

신기하군. 말 한마디에 저절로 착용되다니 말이다.

탄알집을 열어보니 납으로 된 작은 구슬이 수북하게 들어 있었다. 이게 납구슬탄인 모양이었다.

전장식 마법소총은 길이가 1m쯤 되어 보였고, 재질은 나무였다. 가벼워서 들고 다니기 용이할 듯했다.

"무장해제, 장비해제."

마법소총과 탄알집 혁대가 사라졌다.

이렇게 500카르마를 모두 써서 보상을 받았다. 이게 좋은 선택이었는지는 다음 시험 때 증명될 것이다.

*　　　*　　　*

고시생 생활을 청산하기로 했다.

휴식 기간은 고작 11일.

앞으로 얼마나 더 목숨을 부지할 수 있을지 모른다. 그러니 이따위 지하 단칸방에서 귀중한 시간을 낭비할 수 없었다.

집주인에게 전화해 당장 방을 빼고 싶다고 의사를 밝혔다. 보증금은 새 입주자가 구해지면 돌려받기로 했다.

아르바이트를 하던 편의점 사장에게도 전화를 걸었다. 오토바이에 치여 다리가 골절됐다고 뻥을 쳤다.

사장은 노발대발했지만, 뭐 어쩔 텐가? 내가 다쳤다는데.

알바를 그만둔 뒤, 마지막으로 엄마에게 전화를 걸었다.

가게는 오후 2시부터 오픈하니 아직 집에서 놀고 있겠지?

예상대로 엄마는 전화를 걸자마자 냉큼 받았다.

─어머, 아들. 웬일로 먼저 전화야?

겨우 하루 만인데도 엄마 목소리가 너무 반가웠다. 나도 모르게 입가에 미소가 번졌다.

"엄마 보고 싶어서 전화했지."

─호호, 아들 낮술 했어?

"아냐."

─아하, 용돈 필요하구나?

"지난주가 알바 월급날이었거든?"

─원래 월급은 통장을 잠시 스치는 신기루잖니.

"그렇긴 하지만 아직 여유만만이야."

─그럼 왜 전화했을까? 아하, 공무원 시험 때문이지? 이번에도 안 될 것 같으니까 내년까지 더 기회 달라고 하려고?

"……엄마, 대체 날 뭐로 보는 거야?"

─돌머리 아들로 보지.

"어휴, 됐고. 나 집에 돌아갈게."

─뭐라고?

엄마가 놀란 목소리로 물었다. 내가 답했다.

"공무원 시험 관두고 내일 당장 돌아간다고. 닭강정을 지지고 볶든 엄마 하자는 대로 할게."

─아들, 무슨 일 있었어?

예, 한 번 죽었었죠.

나는 피식 웃으며 말했다.

"그냥. 이렇게 허송세월로 보내기에는 내 인생이 너무 아깝다 싶어서. 이제 그만 엄마한테 효도도 하고 싶고."

―정말?

"속고만 살았어?"

―어머머, 아들! 엄마 완전 감격. 막 눈물 나려고 그래. 어떡해!

"훗, 마음껏 감동해. 이 아들 효심이 이 정도야."

그러자 스마트폰 너머로 대화가 들렸다.

―얘, 현지야! 네 오빠 드디어 포기하고 돌아온대!

―진짜? 어휴, 다행이다. 서른 넘어서도 그러고 살면 어쩌나 걱정했는데.

이 인간들이…….

난 분노를 참으며 말했다.

"아무튼 내일 돌아갈 테니까 내 방 비워 둬."

―응, 그래그래. 엄마가 맛있는…….

"닭강정 말고 보쌈."

―그래, 보쌈 만들어 놓을게.

엄마는 내가 집으로 돌아온다는 말에 반가웠는지 잔뜩 들떠 있었다.

통화를 마치고 나는 이삿짐센터에 전화를 걸어 용달차 한 대를 불렀다.

신변 정리에 30분도 안 걸렸다.

'이제 1분 1초도 헛되이 살지 않겠어.'

나는 굳게 다짐했다.

*　　　*　　　*

우리 가족이 사는 집은 천안 서북구의 주상복합아파트다.

바로 근처에 천안역과 버스터미널이 있어서 교통이 편리하고, 50평에 방 네 개라 엄마와 삼남매가 살기 넉넉했다.

이삿짐센터 용달차를 타고 집에 도착했다.

기사 아저씨와 함께 짐을 날랐다. 짐이 별로 없어서 금방 끝났다.

"수고하셨어요. 여기 가다가 식사라도 하세요."

"어이쿠, 감사합니다."

만 원짜리 지폐 한 장을 쥐어주니 아저씨는 좋아하며 용달차를 몰고 떠났다.

나는 아무도 없는 집 거실을 둘러보았다.

지하 단칸방에 몇 년을 웅크려 살다가 넓은 거실을 보니 가슴이 뻥 뚫리는 기분이었다.

"와, 진즉에 집에 올걸."

왜 그 비좁은 던전에서 시간 낭비를 했을까.

29세에 심장발작으로 죽을 팔자였을 줄을 알았더라면 절대 그렇게 살지 않았을 터였다.

이삿짐 정리가 생각보다 일찍 끝나서 할 일이 없었다.

'뭐라도 해야지. 가만히 시간 낭비하기는 싫으니까.'

내게 주어진 휴식은 11일. 1분 1초가 아깝다.

부엌에 가보니 싱크대에 설거지거리가 산더미처럼 쌓여 있었다. 그 꼴을 보고 나는 피식 웃었다.

"내 이럴 줄 알았다."

엄마와 누나는 일하느라 바빠서 집안일은 여동생 현지가 맡고 있었다.

하지만 현지도 올해 대학 4학년 취업준비생. 게다가 원채 성실한 성격도 아니라서 집 안 꼴은 엉망이었다.

'이제 백수가 된 내가 좀 해줘야지.'

나는 소매를 걷어붙이고 설거지를 했다. 후딱 해치운 후에 청소기를 꺼냈다.

'가만? 정령술이 있잖아?'

"실프."

—냐앙.

실프가 나타나 내 머리 위에 사뿐히 올라선다. 살랑살랑 꼬리로 내 머리를 툭툭 치는 게 귀여워 죽겠다.

"실프, 네 바람의 힘으로 집 안 먼지를 전부 한 곳에 모아줄 수 있어?"

—냐아앙.

실프는 고개를 끄덕였다.

이윽고 한줄기의 미풍이 불어 집 안을 휘젓고 돌기 시작했다.

휘이이잉—

소파 밑, TV 뒤편, 침대 밑, 옷장 위 등등. 집 안 구석구석을 빠짐없이 훑은 바람이 내 앞에서 멈췄다.

"으엑, 먼지 봐라."

거의 내 머리통만 한 먼지 덩어리가 뭉쳐져 있었다. 집 안에 존재하는 모든 먼지를 모은 결과였다.

누가 여자 셋 사는 집 아니랄까 봐 머리카락이 장난 아니었다. 아, 징그러.

—냥.

먼지 덩어리 위에서 실프가 꼬리를 살랑거렸다. 잘했냐고 묻는 듯한 반짝이는 눈동자로 날 올려다본다.

"고마워, 실프. 정말 잘했어."

—냐앙.

실프가 내 뺨에 얼굴을 부볐다. 아, 정말 사람들이 왜 고양이를 키우는지 알 것 같다.

실프의 활약으로 집 안 청소는 너무 일찍 끝났다. 이제 뭘 한다?

'일단 두 번째 시험 대비해서 운동이라도 할까?'

고작 11일 운동한다고 크게 달라지진 않겠지만, 그래도 안 하는 것보다는 낫다. 마침 요 근처에 태조산 등산 코스가 있으니 운동으로 적당할 듯했다.

첫 번째 시험 장소도 산을 낀 숲이었다. 앞으로도 숲이나 산을 낀 지형에서 싸울 일이 많아질지도 몰랐다.

주어진 시간이 11일 뿐이지만, 그래도 매일 등산을 하면 산지에 익숙해지고 체력도 약간이나마 오를 것이다.

추리닝에 운동화를 신고 집을 나섰다.

태조산 초입에 도착한 나는 과감하게 가장 오래 걸리는 1시간 50분짜리 코스로 나아갔다. 앞으로 매일 이 코스를 완주하기로 결심했다.

산길을 오른 지 얼마 되지 않아 숨이 차고 발걸음이 무거워졌다.

'처음인데 쉬운 코스로 갈 걸 그랬나?'

잠깐 약한 마음이 들었지만 나는 곧 고개를 저으며 마음을 다잡았다.

'징징대지 말자. 목숨이 걸린 문제야. 힘들어도 참아야 돼.'

신기한 일이었다.

아무런 목적 없이 살아왔던 나에게 처음으로 뚜렷한 목표가 생겼다.

시험, 아레나, 생존!

그것은 놀라운 원동력이었다.

본격적으로 태조산 정상 코스에 이르자 숨이 차서 연신 헐떡거리는 바람에 등산길의 어르신들이 쳐다볼 정도. 그럼에도 나는 멈추지 않고 꿋꿋이 걸음을 옮겼다.

현기증이 나고 토할 것 같아도 끈질기게 걸음을 내딛었다.

아직 팔팔한 20대다. 이만한 코스도 쉬지 않고 오르지 못하면 남자로서 글러먹은 거다.

'아무도 날 살려주지 않아. 내가 필사적으로 발버둥 쳐야 돼.'

기진맥진한 끝에 정상에 도착했다.

천안의 풍경이 한눈에 내려다보인다. 속이 후련해진다. 찬바람이 기분 좋게 땀을 식힌다.

몸도 마음도 지쳤지만 그래서 더 개운했다. 지금껏 나는 한 번도 내 모든 걸 쏟아낸 적이 없었던 것이다.

'한심한 자식.'

지난 내 삶에 반성이 들었다.

산 한 번 오를 정도의 노력도 하지 않고 살았던 자신이 미웠다.

'한 번은 용서하마. 앞으로 그렇게 살지 말자, 김현호.'

다시금 다짐을 한 뒤, 나는 왔던 길로 내려가 집으로 돌아갔다.

5장

가족

등산을 마치고 돌아오니 여동생 현지가 집에 있었다. 학교에서 돌아온 모양이었다.

"어머, 오빠 살 많이 빠졌네."

"공부하느라 고생해서 그래."

"푸히히, 웃기네. 만날 알바하던 편의점에서 컵라면이랑 삼각 김밥만 먹어서 그렇지."

"쳇, 잘 아는군."

"근데 청소랑 설거지랑 오빠가 다 했어?"

"오냐."

"올, 웬일이야?"

"너도 취업 준비로 바쁠 때잖아. 난 당분간 할 일도 없으니까 이런 건 내가 해줄게."

내 말에 현지는 두 눈을 휘둥그레 떴다. 이윽고 매우 불신 가득한 표정으로 날 쳐다본다.

"넌 누구냐?"

"네 오빠다."

"거짓말. 내 오빠는 그렇게 착하지 않아!"

"너 좀 맞자."

내가 꿀밤을 때리려 들자 현지는 꺅꺅거리며 달아났다. 티격 태격하다가 현지가 말했다.

"저녁 먹어야지? 엄마랑 언니는 늦는댔어."

"그래? 뭐 시켜먹을까?"

"시키긴 뭘 시켜. 엄마가 보쌈 해놨어. 먹고 싶었다며? 내가 상 차려줄게."

이번에는 내가 의구심 가득한 눈으로 현지를 볼 차례였다.

"넌 누구냐? 내 여동생은 그렇게 고분고분 상 차려줄 아이가 아니야!"

현지는 깔깔거리며 웃었다.

"나도 양심 있다 뭐. 청소랑 설거지 다 해줬는데 밥은 차려줘 야지."

"그래? 하긴. 네가 4학년 됐다고 안 하던 공부를 갑자기 열심히 할 애도 아니고……."

"이씨! 나도 열심히 취업 준비 중이거든?"

"지난번에 클럽에서 놀다 온 거 엄마한테 들켰다며?"

내 지적에 현지는 입술을 삐죽 내밀었다.

"그냥 기분 전환이었어. 내가 뭐 남자 만나서 놀다 온 것도 아니고 그냥 친구랑 춤만 춘 건데."

"쯧쯧, 넌 참 노는 거 좋아해서 큰일이다."

"시끄러, 상 차리는 동안 씻기나 해. 땀 냄새 대박 나니까."

"예이, 예이."

현지가 저녁상을 차리는 동안 나는 샤워를 하고 옷을 갈아입었다.

보쌈, 김치, 현미밥과 갖가지 반찬이 먹음직스럽게 차려져 있었다. 미역국까지 있어서 놀랐다. 누구 생일도 아닌데 엄마가 나 돌아온다고 어지간히도 들떴던 모양이었다.

"어서 먹어. 식는다."

"알았다."

우리는 사이좋게 식탁에 앉아 TV 보며 식사를 했다.

"정말 세월이 흐르긴 흘렀나 보네."

"뭐가?"

"옛날에는 너랑 나랑 서로 집안일 떠넘기려고 아웅다웅했잖아."

"그건 그래. 사실 어제까지만 해도 오빠 오면 집안일 떠넘길 생각으로 가득했거든? 근데 오빠가 설거지랑 청소랑 전부 해놓은 거 보니까 양심이 찔리더라."

"이년, 죄 나한테 떠넘길 생각으로 아주 신바람이 났었구나."

"푸히히. 앞으로 오빠가 다 해준다고 했으니까 밥이랑 빨래는 내가 할게."

"그렇게 하자. 여자 속옷이 한두 개도 아니니까 빨래는 나도 불편하다."

"풋, 여자 속옷 정도에 쫄다니, 오빠 아직 동정?"

이년이 근데?

"엄마랑 누나는 상관없는데 네 속옷은 되게 천박할 것 같아서 오빠로서 겁나는구나."

"뭐야! 날 뭐로 보고!"

"클럽 죽순이."

"흥, 백수보단 낫지."

"흐흐흐, 너도 곧 졸업이지?"

"그, 그런데?"

"홋, 내년이 기다려지는구나."

"아주 악담을 해라! 취직할 거거든?"

"그래, 나도 졸업할 땐 다 잘될 줄 알았지……."

"아련한 표정으로 회상하지 마! 난 절대 오빠처럼 백수 안 될 거니까."

"얘가 근데 누구더러 자꾸 백수래? 나 백수 아니거든?"

"그럼 뭔데?"

"닭강정계의 샛별이다."

현지는 데굴데굴 구르며 웃었다.

정말 세월이 무상하다. 여섯 살이나 어린 여동생과 취업과 장래를 논할 날이 오다니.

"요즘 말이야, 언니가 시집가고 싶다고 엄마한테 혼담 건수 물어오라고 조르더라."

"진짜? 하긴, 벌써 서른셋이니까 그럴 때가 됐지."

"정말 이상하지 않아? 울 언니 어디가 빠진다고 남자가 없지?

예쁘고 몸매 괜찮고 변호사인데. 나 같았으면 어장에 남자 백 명쯤 담아놨겠다."

"누나가 너냐?"

"아무튼 이상해. 결혼하고 싶어 하는 거 보면 독신주의나 레즈비언도 아닌데."

"누나는 너무 잘났잖아. 말수는 적은데 성격은 세고. 웬만한 남자는 그 차가운 눈빛 한 방에 그냥 떡실신이지."

현지는 깔깔거렸다.

"하긴 언니 인상이 좀 무섭긴 해. 나도 오빠한테는 맞먹어도 언니한테는 꼼짝도 못하잖아. 클럽에서 놀다 걸렸을 때도 언니한테 혼날까 봐 더 무서웠어."

"나한테도 기어오르지 마."

"흥이다."

나는 한숨이 나왔다.

"에휴, 내가 지금 남 얘기 할 때냐? 누나는 돈 잘 벌고 잘나가기라도 하지."

내가 해본 연애라고는 갓 대학 입학했을 때, 신입생 환영회에서 눈 맞은 여자애랑 반년 정도 사귄 게 전부였다.

그 뒤로는 아버지 돌아가셔서 집안이 어수선해지고, 학교 다니면서 알바 두 개 뛰고, 군대에 공무원 시험에⋯⋯.

정신을 차리고 보니 이제는 진짜 제대로 사랑해 보지 못하고 인생 마감하게 생겼다. 나야말로 진짜 지랄 맞게 불쌍한 놈이라고.

한숨을 푹푹 쉬는 나를, 현지가 측은지심 가득한 눈길로 바라본다.

"내가 친구 하나 소개시켜 줘?"

아, 솔깃해라.

죽기 전에 여자나 만날까 하는 충동이 불쑥 들었다.

하지만 이내 나는 고개를 지었다.

"됐다."

죽는다는 생각 따위 할까 보냐.

중요한 건 내 의지다. 시험을 끝까지 클리어하고 살아남고야 말겠다는 강한 각오다.

결심을 한 이상, 귀중한 11일을 고작 여자 만나는 데 쓰지 않을 것이다.

"이궁, 불쌍한 우리 오빠. 엄마 따라 닭 장사 하면서 때를 기다려 봐. 30대 되면 울 언니처럼 애매한 나이대의 여자들이 급매물로 쏟아져 나오니까."

"급매물?"

나는 현지와 함께 낄낄거렸다.

현지가 워낙 활발하고 말이 많아서 시간 가는 줄 모르고 떠들었다.

식사를 마치고 내가 말했다.

"내가 상 치울게, 넌 들어가 공부해."

"오, 오빠가 갑자기 잘해주니까 이상해."

"얘야, 이 오라버니의 친절에 적응을 못하네."

"히히, 아무튼 땡큐. 내가 꼭 친구 중에 예쁘고 착한 애로 골라서 소개시켜 줄게."

"그려."

나도 그럴 날이 왔으면 좋겠다.

현지는 공부하러 들어갔고, 나는 상을 치우고 설거지를 후딱 한 뒤에 운동을 시작했다.

이번에는 근육 운동이었다.

팔굽혀펴기를 50회 하니 팔이 후들거렸다. 등산까지 한 탓에 다리도 후들거리고, 아주 만신창이다.

등산 한 방에 이 꼴이 되다니 스스로가 한심해진다. 이렇게 11일간 매일 반복할 수 있을까?

'그래도 참고 해야지.'

게다가 오늘 한 등산이나 팔굽혀펴기는 그냥 단순한 운동일 뿐이었다. 전장식 마법소총과 정령술을 싸움에 써먹기 위한 훈련도 해야 한다.

'일단 힘드니까 좀 쉬고, 사람 없는 새벽에 나가서 훈련을 해야지.'

총 쏘고 정령 소환하는 훈련을 남들 보는 앞에서 할 수는 없지 않은가. 난 아직 유튜브 스타가 되고 싶지 않거든.

나는 소파에 드러누워 눈을 붙였다.

*　　　*　　　*

"아들!"

애교 섞인 이 간드러진 목소리……

눈을 떠 보니 엄마와 누나가 집에 돌아와 있었다. 누나가 퇴근하면서 엄마를 데려온 모양이었다.

"엄마 왔슈?"

"응, 아들 왔대서 일찍 문 닫고 왔지."

시계를 보니 밤 12시.

엄마가 운영하는 닭강정집은 술도 함께 파는 호프가 아니라서 늦게까지 할 필요가 없었다.

난 문득 누나를 바라보았다.

김현주.

나이는 33세. 기업 분쟁을 전문적으로 다루는 변호사. 대형 로펌에서 활약 중.

뿔테 안경을 낀 갸름한 얼굴은 예쁜 편이지만, 눈빛이 차갑고 무표정이라 인상이 무섭다.

그런데 누나는 웬 포도주 한 병을 들고 있었다.

"웬 와인이야?"

"너 인생 낭비 그만둔 기념."

"……."

저, 저 한 점 거리낌 없는 독설! 저러니까 남자가 없지.

"베란다에서 맥주 가져와."

"어."

베란다의 김치냉장고에 캔 맥주가 한가득 쌓여 있었다. 술 좋아하는 누나의 소행이었다.

와인과 맥주, 그리고 엄마가 싸온 팔다 남은 닭강정으로 한바탕 술판이 벌어졌다.

방에서 공부하던 현지도 슬그머니 기어 나와 한 자리 꼈었다.

애도 술이면 눈 돌아가는 애거든.

술기운이 오른 엄마는 내 등을 탕탕 치며 위로했다.

"아들! 아들은 공부할 머리가 아니었던 거야!"

전혀 위로가 안 된다.

"고시를 쳐도 현주는 1년 만에 척 붙었는데 아들은 그게 뭐야? 현주처럼 사법고시도 아니고 공무원 시험인데."

"인생과 돈을 낭비해서 죄송하게 됐수다."

"그보다 결혼 좀 해. 아들도 현주도 얼른 결혼해. 누가 나 손자 좀 달란 말이야."

결혼 얘기가 나오자 누나의 술 마시는 속도가 급격히 빨라졌다. 서너 캔을 비우더니 좀 쓸 만한 남자는 없냐고 투정부리기 시작했다.

덩달아 맥주를 퍼마신 현지도 취직 안 하고 놀면 안 되냐고 징징거린다. 몇 년 놀다가 취집을 가겠다나? 하여간 생각하는 꼬라지하고는…….

척 봐도 뒷수습은 내가 해야 할 분위기였지만, 나는 괜스레 웃음이 나왔다.

왜 몰랐을까.

이렇게 가족과 함께 있는 것만으로도 행복한데.

첫 시험으로 받은 가장 큰 보상은 바로 지금 이 순간이 아닐까 싶었다.

*   *   *

다음 날 아침.

집 안은 초토화가 되어 있었다.

빈 맥주 캔과 닭강정 뼈 쪼가리는 그대로고, 가족들은 비몽사몽간을 헤맸다.

술에 강한 현지가 먼저 정신을 차리고는 누나를 흔들었다.

"언니, 출근해야지. 일어나!"

"으윽, 출근 안 할래……."

누나는 귀찮다는 듯이 돌아누웠다.

"그럼 잘려!"

"잘리게 놔둬……."

"안 돼! 남자도 없고 일자리까지 잃으면 언니는 완전 추락이란 말이야!"

현지의 돌직구에 누나가 움찔하고 반응을 보였다. 힘겹게 몸을 일으킨 누나를 현지가 낑낑대며 화장실까지 부축했다. 눈물겨운 광경이다.

이제 막 일어난 나 역시 쪼개질 것처럼 지끈대는 머리를 부여잡고 한숨을 쉬었다.

'결국 어제는 그냥 자버렸구나.'

에이, 지랄.

정령술과 사격 훈련이 가장 중요했는데 깜빡하다니. 역시 술이 원수다.

누나는 초췌한 안색으로 출근했고, 현지도 오전 강의가 있다며 학교로 가버렸다. 엄마야 때 되면 알아서 일어나 가게에 나가겠지.

아무튼 오늘은 기필코 사격과 정령술 훈련을 해야겠다고 결심했다.

……지금 말고 있다 새벽에.

일단은 어제와 마찬가지로 등산과 팔굽혀펴기를 해야 한다.

어제 갑자기 무리해서 그런지 온몸이 찌뿌둥했다. 숙취까지 겹쳐서 컨디션이 말이 아니었지만 그래도 나는 간단히 씻고 밖으로 나섰다.

복날 개처럼 헐떡거리며 산을 올랐다. 파들파들 떨리는 팔 근육으로 팔굽혀펴기 50회를 간신히 채웠다.

아, 진짜 한심해라. 군대 있을 땐 그래도 체력이 괜찮았는데.

집에 돌아와 씻고 때늦은 점심 식사를 하고 나니 벌써 오후 2시였다.

나는 욕조에 뜨거운 물을 받아놓고 반신욕을 했다. 피로가 풀리고 어느 정도 나른해진 팔다리에 근육통 치료제를 발랐다.

그리고 이불을 깔고 낮잠을 청했다. 1분 1초가 귀중한 이때에 웬 낮잠이냐고?

사격과 정령술 훈련은 사람이 안 다니는 새벽에 해야 했기 때문이다.

나름대로 시간을 효율적으로 쓰기 위해 스케줄을 짠 결과, 잠은 오후에 자기로 한 것이다.

그렇게 한숨 자고서 일어나니 시간은 저녁 8시였다.

"히히, 백수 오빠 일어났어?"

학교에서 돌아온 현지가 부스스한 몰골로 일어난 나를 놀렸다.

그러고 보니 얘 눈엔 내가 할 일 없어서 낮잠이나 자는 백수 오빠로밖에 안 보이겠구나.

"낮에 운동을 너무 열심히 해서 그래."

"운동?"

"등산. 앞으로 매일 할 거야."

"으엑, 대낮부터 등산? 오빠 완전 실업자 포스."

"나의 여동생아. 어째 너랑 얘기만 하면 울컥 치미는구나. 오빠한테 한 대 맞아보련?"

"푸히히, 근데 갑자기 웬 운동이야? 몸도 많이 말랐으면서 다이어트할 것도 아니고."

"치열한 닭 장사의 세계에서 살아남으려면 체력부터 길러야지."

내 말에 현지는 또 빵 터졌는지 깔깔거린다.

어제 먹다 남은 미역국과 반찬을 꺼내 저녁 식사를 대충 했다. 상 치우고 설거지하고 집 안 청소도 마쳤다.

그러고 나서도 자정까지 시간이 많이 남아서 노트북을 꺼냈다.

웹서핑으로 숲이나 산 등 야생에서 살아남기 위한 서바이벌 기술을 검색해 보았다.

소총 사격 자세와 총격전 전술에 대해서도 조사해 보았다. 바로 써먹을 만한 지식이 나오면 노트에 옮겨 적어가며 공부를 했다.

'이런 멍청이. 진작 이렇게 열심히 공부할걸.'

번데기 달린 얼라 천사 자식이 한 말이 딱 맞았다. 진즉에 이렇게 필사적으로 공부했으면 공무원 시험에 합격했을 것이다.

과거를 떠올릴 때마다 후회만 하는 인생이라니, 잘못 살았다는 증거다. 뭐, 후회는 이미 실컷 했으니까 그만두자.

그렇게 시간이 흘러서 자정이 되었다.

'이 시간에 산에 있을 사람은 없겠지?'

나는 옷을 챙겨 입고 밖으로 나섰다. 훈련 장소는 매일 등산하는 태조산으로 정했다.

밤에 인적도 없을뿐더러, 낮에 등산하면서 봐둔 공터가 있었다.

6장

훈련

ARENA

서른이 다 된 성인으로서 조금 쪽팔린 소리지만, 야밤에 혼자 산길을 걷고 있으니까 정말 으스스하다.

태조산 공원 같은 곳은 텐트 쳐놓고 캠핑하는 사람들도 있지만, 내가 향하는 산길은 사람이 전혀 없는 곳이었다.

'아, 진짜 귀신이라도 나올까 겁나네.'

다 큰 어른이 무슨 귀신이냐 싶지?

나도 원래 그런 거 안 믿었는데, 한 번 죽다 살아나니까 생각이 달라졌다. 아기 천사도 존재하는데 귀신이라고 없을까?

'아, 실프가 있었지?

나는 즉시 실프를 불렀다.

—냐앙.

소환된 실프가 나에게 얼굴을 비비며 애교를 부렸다. 귀여운 실프를 보니까 두려움이 싹 사라졌다.

가만, 실프 소환 시간이 2시간이었던가? 다시 한 번 확인해 봐야겠다.

"스킬 확인."

—정령술(메인스킬): 현재 바람의 하급 정령 실프를 소환 중입니다.

＊초급 1레벨: 2시간 소환 가능. (남은 시간 1시간 5ㅁ분) 소환 시간이 만료되면 1ㅁ시간 뒤에 재소환 가능합니다.

2시간 맞구나.

실프의 힘을 사용하면 시간이 더 빠르게 줄어들 것이다.

'시간 제한 때문에 정령술 훈련은 많이 못 할 수도 있겠어.'

아무래도 소환 시간을 최대한 아껴야 할 듯했다.

나는 실프를 쓰다듬으며 말했다.

"실프, 조금 있다가 다시 부를게 돌아갈래?"

—냥.

실프는 가볍게 대답하고는 휙 하니 신기루처럼 사라졌다.

다시 야밤 산길에 홀로 남겨졌다.

지랄, 무섭긴 뭐가 무서워! 열흘 뒤에 목숨 걸고 싸워야 할 놈이!

그렇게 생각하고 씩씩하게 걸음을 옮기니 더 이상 두렵지가 않았다. 내 목숨이 걸린 시험보다 더 심각한 문제는 없었기 때문이다.

10분쯤 더 걸어서 낮에 봐뒀던 공터에 도착했다. 나무들이 병

풍처럼 빽빽하게 둘러져 있는 작은 공터였다.

'시작해 보자.'

일단은 사격이다.

"무장, 착용."

오른손에 마법소총이, 허리에 탄알집 혁대가 나타났다.

탄알집에 들어 있는 납구슬탄의 숫자는 총 100발. 사격 훈련은 충분히…….

'어라?'

나는 문득 떠오른 사실에 두 눈이 크게 떠졌다.

'이런 미친, 충분하긴 개뿔이! 전혀 충분하지 않잖아!'

납구슬탄은 소모품이었다. 훈련으로 소모하면 재활용이 불가능했다.

사격을 한 뒤에 다시 주워서 쓰면 되겠지 하는 안일한 생각을 했다. 쏜 납구슬탄은 실프를 시켜서 주워오게 하면 되니까.

그런데 생각해 보니 이 납구슬탄의 재질은 납이었다. 목표물에 명중되면 강한 충격을 받고 형태가 찌그러질 게 뻔하다!

"석판 소환!"

석판이 허공에 나타났다.

"납구슬탄이 얼마야?"

석판의 글씨가 변했다.

―납구슬탄 1ㅁㅁ발: 소총에 쓰이는 납 재질의 탄환. (―ㄹ)

―잔여 카르마: ㅁ

다행히 납구슬탄은 100발에 2카르마로 가격이 저렴했다.

하지만 문제는 내게 남은 카르마가 0이라는 점.

제기랄, 첫 시험의 보상 500카르마를 조금도 남김없이 알뜰하게 쓴 결과였다.

……알뜰은 개뿔. 총알의 소모를 염두에 두지 않았을 뿐이다.

"이런 병신, 이제 어쩔 거야!"

나는 털썩 자리에 주저앉았다. 이래서는 사격 훈련은 무리였다. 야밤에 훈련하러 나온 보람이 전혀 없는 것이다.

'가지고 있는 100발은 두 번째 시험에서 써야 돼.'

두 번째 시험이 어떤 싸움이 될지 모른다. 첫 번째 시험처럼 레드 에이프 같은 녀석 한 마리만 나오면 다행이지만, 어쩌면 수십 마리가 우글거릴지도 모르는 노릇.

소모품인 납구슬탄은 최대한 아껴야 하는 것이다.

베트남 전쟁에서 군인 한 명당 총알을 평균 5만 발이나 소모했다고 하지 않은가.

'아니지. 어차피 내 총은 전장식이라 그렇게 마구 갈겨댈 수도 없어.'

즉, 자동소총처럼 마구 쏘는 것보다는 한 발 한 발을 신중하게 쏘는 저격수가 되어야 한다.

'근데 그러려면 사격 훈련으로 명중률을 높여야 할 거 아냐!'

어떻게든 사격 훈련은 해야 한다. 한 발도 못 쏴보고 시험에 임할 수는 없다.

주머니에서 스마트폰을 꺼냈다. 인터넷 브라우저를 열고 총알을 검색했다. 납구슬탄과 똑같은 규격의 구슬 총알을 구할 수 있는지 확인하기 위해서였다.

"있다!"

기뻐서 나도 모르게 소리쳤다.

인터넷 쇼핑몰에서 새총에 쓰는 새총알탄을 판매하고 있었다. 쇠로 만든 동그란 구슬인데 크기도 7㎜, 8㎜, 9㎜ 등 다양했다.

스마트폰에서 길이 측정 어플을 실행시킨 후에 납구슬탄의 크기를 쟀다. 전장식 마법소총에 쓰이는 납구슬탄의 크기는 정확히 10㎜. 쇼핑몰에 10㎜ 새총알탄도 판매 중이었다.

바로 500발을 주문했다. 제발 빨리 배송됐으면 좋겠군. 난 열흘밖에 시간이 없으니까.

사격 훈련에 쓸 총알 문제를 해결하니 비로소 안심이 들었다.

'그래도 여기까지 왔으니까 일단 5발 정도는 쏴보자.'

시험에 쓸 납구슬탄과 방금 주문한 쇠 재질의 새총알탄은 무게가 다르다. 납구슬탄으로 쐈을 때의 느낌이나 파괴력을 알아야 한다.

'쏴보자.'

납구슬탄 한 발을 꺼내 총구에 집어넣었다.

그리고 전방 20미터쯤 떨어진 소나무를 조준했다.

'불편할 줄 알았는데 생각보다 장전은 편하네.'

그냥 총알만 총구에 집어넣으면 끝. 정말 간단했다.

근세 시대에 쓰인 전장식 소총은 화약도 넣고 막대기로 쑤시는 등의 짓거리를 해야 하는데, 이건 화약이 아닌 마법으로 쏘는 소총이라 심플했다.

쭈그리고 앉은 '앉아 쏴' 자세에서 개머리판을 어깨에 붙였다.

두 개의 조준선을 정렬시켜 소나무를 겨눈다. 호흡을 멈춘 후에, 발사.

퉁―!

작은 소음과 함께 묵직한 반발이 어깨에서 느껴졌다.

파직!

납구슬탄에 명중된 소나무의 외피가 뜯겨져 나갔다.

'반발력은 군대에서 썼던 K2보다 훨씬 약하네. 위력도 그만큼 뒤떨어진다는 뜻이겠지.'

물론 장점도 있었다.

'총 무게가 가볍고 반발력도 적어서 제대로 자세를 취하지 않아도 쉽게 사격할 수 있겠어. 게다가 소음도 작아. 역시 화약총이 아니라서 요란한 소리가 안 나는 거야.'

가까이 다가가 소나무를 확인해 보았다.

맞은 자국이 조금 패여 있었다. 이 정도면 살상력도 충분했다. 급소를 잘 맞추면 레드 에이프도 한 방에 죽일 수 있는 수준이었다.

"실프."

―냐앙.

나는 소환된 실프에게 말했다.

"방금 쏜 총알을 찾아줘."

―냥.

실프는 어디론가 휙 하니 날아가더니, 이윽고 납구슬탄을 물어와 내 손바닥 위에 얹어주었다.

"하아, 역시······."

예상대로 납구슬탄은 잔뜩 찌그러져 있었다. 재활용은 불가능하다. 역시 원 샷 원 킬의 스나이퍼가 되어야 했다.

나는 타깃인 소나무에서 좀 더 멀리 떨어져서 다시 사격을 해 보았다.

투웅!

이번에는 소나무에 명중되지 않았다.

"주워 와, 실프."

실프는 쏜 납구슬탄을 가져다주었다.

운 좋게도 이번에 쏜 납구슬탄은 형태가 멀쩡했다. 흙이 많이 묻어 있는 걸 보니, 흙더미에 파묻힌 모양이었다.

'다행이다. 한 발 한 발이 귀중했는데.'

"실프, 혹시 여기서 저 소나무까지 거리가 몇 미터인지 아니?"

—냥?

고개를 갸웃거리는 실프.

'아, 실프는 미터법을 모르는구나.'

나는 다시 스마트폰으로 길이 측정 어플을 실행해 실프에게 보여줬다.

"자, 이게 1센티미터야. 그리고 100센티미터가 1미터고. 이제 알겠지?"

—냥!

자신 있게 대답한 실프는 땅바닥에다가 숫자를 새겼다.

41.

제길, 41미터밖에 안 되는데 빗나갔다고? 저렇게 큰 소나무를 못 맞춰?

'명중률이 높지 않구나.'

하기야 군대에서 썼던 K2소총은 과학기술의 발달로 개량된 현대의 무기였다.

반면 내가 가진 전장식 마법소총은 척 보기에도 엄청 옛날식에 총알도 동그란 구슬 모양. 당연히 명중률도 들쭉날쭉하다.

원 샷 원 킬을 해야 하는데 소총의 명중률이 이 모양이니 문제가 많군.

이제 내가 믿을 건 실프밖에 없었다.

"실프야."

—냥?

"혹시 내가 총을 쏘면 네가 힘을 발휘해서 저 소나무에 적중되도록 할 수 있어?"

—냐앙.

실프는 고개를 끄덕였다.

"좋아, 그럼 내가 대충 사격을 할 테니까 네가 힘을 발휘해서 납구슬탄이 소나무에 맞게 해줘. 정확히 아까 맞췄던 그 부분에 맞도록."

—냐앙!

"좋아, 쏜다."

납구슬탄을 총구에 넣고 신속하게 자세를 취했다. 신중하게 조준하지 않고 곧장 방아쇠를 당겼다.

퉁!

발사와 동시에 실프도 날아갔다.

퍼억!

소나무에서 또다시 둔탁한 소음이 울려 퍼졌다. 명중이었다.

달려가 소나무를 확인했다.

놀랍게도 아까 첫발이 명중되어 패여 있던 그 자리에 또다시 총알 자국이 새겨져 있었다.

"됐다!"

이 정도면 놀라운 명중률이었다.

앞으로도 이렇게 실프의 도움을 받는다면 백발백중은 확실했다.

다만 문제는 방금 사격으로 소모된 실프의 힘이었다.

"스킬 확인."

석판이 나타나 스킬이 표시되었다.

ー정령술(메인스킬): 현재 바람의 하급 정령 실프를 소환 중입니다.

＊초급 1레벨: 2시간 소환 가능.(남은 시간 1시간 24분) 소환 시간이 만료되면 1마시간 뒤에 재소환 가능합니다.

남은 소환 시간이 크게 줄어 있었다.

난 놀라 실프에게 물었다.

"실프, 내가 널 소환한 지 몇 분이나 지났지?"

실프는 땅에 '17' 이라고 적었다.

그럼 방금 실프의 힘을 써서 소환 시간이 14분이나 단축되었다는 뜻!

실프의 힘을 너무 많이 소모됐다.

'생각해 보니 당연한가?'

소총에서 발사된 납구슬탄은 엄청난 속도와 위력을 가지고 날아간다.

그런 위력을 지닌 채 날아가는 납구슬탄을 바람의 힘으로 움직여서 탄도(彈道)를 바꾸게 했다. 당연히 그만큼 실프가 많은 힘을 발휘했다는 뜻이 된다.

게다가 거리도 41미터밖에 안 된다.

먼 거리였으면 실프가 조금만 힘을 써도 탄도가 크게 바뀔 테지만, 가까워서 목표 지점에 납구슬탄을 이동시키려고 힘이 많이 소모됐다.

'싸워야 하는 적이 한두 마리뿐이면 이걸로 충분하지만……'

한 발에 14분.

8발 정도만 쏴도 실프의 소환 시간이 끝나 버리고 만다. 적이 다수일 경우 써먹을 만한 기술이 아니다.

소환 시간이 끝나면 10시간이 지나야 다시 소환할 수 있는데, 이건 너무 페널티가 큰 기술이었다.

"다른 방법은 없을까?"

자리에 앉아 쉬면서 나는 고민에 잠겼다.

전장식 마법소총은 명중률이 너무 불안정했다. 41미터밖에 안 떨어진 큰 소나무도 제대로 못 맞추는 총으로 어떻게 싸운단 말인가? 실프의 도움이 절대적이었다.

좋은 생각이 잘 떠오르지 않아서, 마법소총을 들었다.

자리에 주저앉은 채로 납구슬탄을 총구에 넣고 소나무를 조준했다.

—냐앙.

실프는 그런 내 옆 바짝 붙어 앉은 채 꼬리를 가볍게 살랑거렸다.

그러고 보니 보통 저격수 옆에는 관측병이 함께 있지?

마치 내가 저격수고 실프가 관측병인 모양새였다. 물론 이렇게 귀여운 관측병이 세상에 또 있을까마는.

"실프. 이대로 쏘면 소나무에 적중될까?"

—냥.

실프는 고개를 끄덕였다.

"아까 첫발에 맞췄던 그 자리에 맞출 수 있을까?"

이번에는 고개를 젓는 실프.

"그럼?"

실프가 내 앞에 날아와 앙증맞은 앞발로 총구를 아주 살짝 왼쪽으로 움직여주었다.

"이대로 쏘면 된다고?"

—냥.

실프는 고개를 끄덕였다.

'좋아, 어디 한번 쏴볼까?'

실프가 가르쳐 준 조준을 흐트러뜨리지 않기 위해 심혈을 기울여 집중했다.

조금의 미동도 없이.

호흡도 정지한 채.

방아쇠를 살며시 당겼다.

투웅— 파직!

소나무에 적중되었다. 실프는 기쁜 듯 내 머리 위를 뱅글뱅글 돌았다. 명중한 모양이었다.

나는 달려가 소나무를 확인해 보았다.

"우와!"

처음 쏴 맞췄던 탄흔이 더욱 깊이 패여 있었다.

"바로 이거야!"

실프의 힘을 아주 적게 쓰면서도 백발백중으로 사격할 수 있는 방법!

"실프. 이번엔 눈을 감고 쏠게. 내가 방아쇠를 당기는 순간에 네가 총구를 움직여서 조정해 줘."

—냐앙.

소나무에서 멀리 떨어진 나는 납구슬탄을 총구에 넣고 눈을 감았다. 소총을 들어 대충 조준했다.

방아쇠를 당기는 순간, 실프가 총구를 살짝 움직이는 것이 느껴졌다.

퉁— 퍼억!

확인해 보니 이번에도 명중이었다. 아직 소나무에는 탄흔이 하나밖에 없었다. 지금껏 쏜 모든 납구슬탄이 한 군데를 맞췄기 때문이다!

실프의 힘 소모도 극미했다.

쏘아진 납구슬탄의 탄도를 바꾸는 게 아니다. 쏘기 전에 총구만 살짝 움직이는 것뿐이니 많은 힘이 필요 없다.

이것이 바로 정답.

조준을 굳이 내가 할 필요가 없는 것이다!

"다시 해보자!"

"냥!"

이번에는 소총을 들고 전속력으로 달렸다. 달리면서 납구슬 탄을 꺼내 총구에 넣었다.

"간다!"

있는 힘껏 점프, 공중에서 몸을 비틀며 총을 소나무를 향해 대충 조준했다.

당연하게도 엉망진창인 조준이었지만, 나는 방아쇠를 당겼다.

그 순간 실프가 총구를 움직여 정확하게 조준해 주었다.

투웅— 파직!

명중!

"좋아!"

나는 주먹을 불끈 쥐고 환호했다.

이로써 나는 어떻게 쏘든 백발백중으로 명중시킬 수 있게 되었다. 실프와 소총이 이루어낸 최상의 조합이었다.

7장

다시 아레나로

두 번째 시험까지 남겨진 시간이 줄어들수록 심장을 옥죄는 듯한 초조함이 느껴진다.

하지만 첫날보다는 다소 마음이 든든해졌다. 훈련의 성과 덕분이다.

사격과 정령술 훈련을 시도한 첫날에 나는 실프를 사격에 이용하는 최고의 요령을 터득했다.

조준을 실프에게 맡기는 것!

바람의 정령인 실프는 어떻게 발사되어야 총알이 목표물에 명중되는지 훤히 꿰뚫고 있었다.

그래서 나는 방아쇠를 당기는 순간에 실프로 하여금 총구를 움직여 정밀한 조준을 맡겼다.

백발백중!

극단적으로 표현하자면, 실프의 도움이 있는 한 나는 특수부대의 베테랑 스나이퍼보다도 사격을 잘할 수 있다. 아무렇게나 쏴도 정밀 조준 사격을 한 것처럼 적중되니 말이다.

'정령술을 메인스킬로 선택하길 정말 잘했다.'

현명했던 내 결정에 안도감이 들었다.

메인스킬은 딱 한 가지만 선택할 수 있고, 다시는 바꿀 수 없다고 한다. 한 번 택한 메인스킬이 앞으로의 모든 시험에 있어 내 싸움 방식을 결정짓는 가장 중요한 요소인 셈이었다.

일단은 첫 단추를 잘 꿰었다고 생각된다.

하지만 낙관만 할 수는 없다.

소총을 주 무기로 선택한 내 방식은 근접전에 매우 취약하다.

코앞에서 레드 에이프 같은 놈이 주먹도끼를 들고 덤비는데 총구에 총알을 넣어 장전할 틈이 어디 있겠는가?

'가장 좋은 것은 근접전을 아예 안 하는 거야.'

은밀하게 행동하며 적에게 내 존재를 들키지 않아야 한다.

하지만 그게 가능할까?

첫 시험 때를 생각해 보자.

장소는 숲. 적은 거기서 서식하는 레드 에이프였다. 숲에 아주 익숙한 야생동물이나 다름없는 녀석이었다.

그런 놈의 이목을 피해 은밀하게 다니기란 불가능하다. 첫 번째 시험처럼 상대가 먼저 날 발견하고 기회를 엿보다가 기습하겠지.

'이럴 줄 알았으면 군대를 해병대나 특전사로 가는 건데. 이 꼴이 될 줄을 누가 알았겠어?'

후방 보급부대에서 2년간 익힌 분리수거 스킬은 아무 짝에도 쓸모가 없다.

'다른 방법은 없어. 실프를 잘 이용해야 해.'

나는 실프를 소환해서 물어보았다.

"실프, 잘 들어봐."

ー냥?

실프는 고개를 바짝 내밀며 내 말에 집중하는 시늉을 했다. 아, 요 귀여운 녀석!

"네가 내 어깨 위에 앉아 있다고 생각해 보자."

ー냥.

실프는 정말로 내 오른쪽 어깨 위에 사뿐히 올라왔다.

슬렁슬렁 목을 휘감았다 풀었다 하는 부드러운 꼬리 감촉을 느끼며, 내가 말했다.

"그런데 어딘가에서 날 해치려 하는 못된 놈이 살금살금 다가오는 거야. 그놈이 날 해치지 전에 미리 접근하고 있다는 것을 너는 알아차릴 수 있니?"

ー냥!

고개를 끄덕이는 실프.

"어느 정도까지 접근해야 알 수 있어?"

실프는 어깨 위에서 점프해 내 눈앞에서 전광석화처럼 빙글빙글 비행했다. 실프의 잔상(殘像)이 숫자 200을 그렸다.

"200미터? 그 거리 이내에 접근하는 적은 전부 알아차릴 수 있다고?"

ー냥.

실프는 고개를 끄덕였다.

대단하군. 실프가 첫 시험 때 있었으면 레드 에이프는 곧바로 발각됐을 거 아냐?

"좋아, 그럼 이건 어때? 우리가 아주 위험한 지역에 들어서서, 나는 주변에 무엇이 있나 살피기 위해 네게 정찰을 시켰어. 넌 어느 정도 거리까지 정찰을 할 수 있니?"

실프는 이번에는 900을 그렸다.

"900미터? 나랑 떨어질 수 있는 거리가 900미터야?"

—냐앙.

실프는 고개를 끄덕였다.

"내게서 900미터 이상 떨어질 수는 없다는 거지?"

—냥.

"알았어. 그럼 혹시 내 정령술 레벨이 오른다면 이 거리가 더 늘어날 수도 있니?"

—냐앙.

끄덕끄덕.

그 후로 실프와 소통하고 이것저것 실험하면서 정령술에 대해 많은 것을 알아냈다.

첫째, 실프에게 정찰을 시켜도 소환 시간이 줄지는 않았다. 정찰에는 별도의 힘의 소모가 없는 것이다.

둘째, 하지만 내게서 멀리 떨어질수록 실프의 힘은 약해졌다. 반대로 나와 가까이 있을수록 강해졌다.

셋째, 소진한 소환 시간은 10시간 후에 완전히 회복된다.

실프의 소환 시간은 2시간.

이게 무슨 뜻이냐면, 5분마다 1분씩 소환 시간이 회복된다는 뜻이었다.

실제로 실험해 봤다. 소환 시간을 모두 소진하고서, 5분 뒤에 실프를 다시 불렀다. 실프는 1분간 소환되어 있다가 다시 사라졌다.

'좋아. 가장 중요한 문제가 해결됐다.'

감시도 정찰도 사격도 실프에 의존하는 바가 컸다. 심지어 동서남북의 방위도 실프가 알려준다.

그런 나에게 2시간밖에 안 되는 소환 시간은 치명적인 약점이었는데, 보완할 방법이 생긴 것이다.

실프를 필요할 때만 소환하면 된다.

싸울 땐 어쩔 수 없지만, 평상시에는 5분마다 한 번씩 소환하면 된다. 60초 후에 돌아가게 하고, 다시 5분이 지나면 소환한다.

실프와 함께해야 습격을 받을 염려가 없기 때문에 이 같은 아이디어를 떠올린 것이다.

실프를 소환하지 않고 있는 그 5분 사이에 습격을 받으면 곤란하지만, 그럴 확률은 높지 않다. 소환한 60초 동안 주변 정찰도 시킬 거니까.

그렇게 나는 여러 가지 구상을 하면서 두 번째 시험을 준비했다.

매일 아침 등산을 다녀오고, 팔굽혀펴기를 했다. 이런 운동도 닷새가 지나니까 첫날처럼 힘들지는 않았다. 짧은 시간이어도 확실히 꾸준히 하니 효과가 있구나 싶었다.

그런데 그토록 순조로웠던 나의 준비는 큼직한 암초를 만나

버렸다.

그 암초는 바로…….

"아들~!"

엄마가 불쑥 내 방에 들어왔다.

나는 화들짝 놀라 시험에 대해 이것저것 메모하던 노트를 닫았다.

"어, 엄마?"

"어머, 아들. 뭘 급히 덮어?"

"아, 아무것도 아냐."

그러자 엄마는 다 안다는 듯이 한숨을 쉬었다.

"아들, 아들이 사춘기도 아니고 이제 곧 서른인데……."

"무슨 오해를! 엄마가 생각하는 그런 시추에이션이……!"

"알아, 알아. 노크도 없이 들어와서 미안해, 아들."

"크윽, 내가 말을 말지……. 그보다 아직 가게 안 나가고 웬일이셔?"

"아들도 가게 같이 나가야지."

"내가 가게에 왜 가? 벌써 치매?"

"어머, 아들. 말버릇 참 예뻐라."

뻔뻔스럽게 시치미를 뗐지만, 나는 올 것이 왔다는 기분을 떨칠 수 없었다.

공무원 시험 준비로 세월 보내다가 서른이 다 되어서야 포기하고 돌아온 아들이 아무 일도 하지 않고 집에 있다.

엄마로서는 하루빨리 나를 닭강정의 세계로 끌고 가고 싶을 터였다.

하지만 내 남은 휴식 기간은 이제 겨우 5일. 내 인생의 마지막일지도 모르는 닷새를 닭강정 볶다가 끝내고 싶지는 않다!

"엄마도 아들 돌아온 지 얼마 안 됐으니까 한동안은 쉬게 해주고 싶은데, 하필이면 예림 아줌마가 오늘은 아파서 못 나온다지 뭐니?"

크윽. 빠져나갈 수 없는 상황으로 나를 몰아넣고 있다!

생각해라.

이 상황을 모면할 방법을……!

그 순간, 나는 눈을 번쩍 떴다.

"엄마. 같이 일하는 아줌마는 올해부터 주 4일만 일하고, 다른 날은 알바 고용한 것 아니었어? 아줌마가 올해 예순이라 일을 줄이기로 했다는 얘기를 들은 것 같은데?"

"어, 어머, 그걸 또 기억해, 아들?"

당황하는 엄마.

"기억하고말고. 가게에 고용한 알바 시급이 6천 원이라는 얘기를 듣고 나보다 낫구나 하고 신세한탄을 했었으니까!"

"그런 기억력을 공부에 좀 쓰지."

내 말이요.

번데기 천사 녀석 말대로 위기 순간이 되어서야 내 머리가 팽팽 돌아가는구나.

"아무튼 다음 달부터 나도 가게 나가서 일할 테니까 지금은 좀 봐줘. 그래도 집에 있으면서 청소랑 빨래도 하잖아."

"하긴 아들 오고서 집 안이 깨끗해졌지. 화장실 배수구에 머리카락도 안 보이고."

"거봐. 내가(실프가) 얼마나 열심히 청소한다고."

"알았어. 봐줬다. 근데 다음 달부터는 일 안 하면 용돈도 없어 아들?"

"알겠소이다."

엄마가 출근하고서 나는 비로소 한숨을 돌렸다. 이쪽은 시험 준비로 할 일이 많단 말이야.

*　　　*　　　*

시간은 야속하게도 빨리 흘렀다.

—성명(Name): 김현호

—클래스(Class): 3

—카르마(Karma): ㅁ

—시험(Mission): 다음 시험까지 휴식을 취하라.

—제한 시간(Time limit): 11시간

"미치겠네."

초조해서 돌아버릴 것 같았다.

오늘밤 잠이 들면 아레나로 불려가 싸우게 된다.

너무 무섭다. 살아남을 수 있을까?

열흘을 가족들과 함께 보내고 나니 삶에 대한 갈망이 더욱 커졌다.

엄마, 누나, 현지가 죽은 내 시신을 앞두고 엎드려 우는 모습은 상상만 해도 애간장이 끊어진다.

'살 거야. 살 수 있어, 김현호.'

억지로 자기최면을 걸며 나는 집을 나섰다. 오늘은 쇼핑을 좀 해야 한다.

가까운 아울렛 쇼핑몰에 이르렀다.

이곳에 온 목적은 두 번째 시험에서 입을 옷을 구매하기 위해서였다.

첫 번째 시험을 떠올려 보자. 팬티 한 장만 입은 채 숲 속에서 설쳤다.

거기서 얻을 수 있는 교훈은 바로 '잘 때 입었던 옷차림' 그대로 시험에 불려간다는 것이다.

그럼 모든 옷을 전부 갖춰 입고 신발까지 신은 채 잠을 잔다면 어떨까?

그렇게 생각하면 옷과 신발도 중요한 준비 요소라 할 수 있었다. 이를테면, 난 지금 전투복을 사러 온 것이다.

'군복이 옷장에 있긴 하지만, 죽어도 그걸 다시 입고 싶진 않으니까.'

만약 두 번째 시험에서 죽는다면 난 군복을 입은 시체로 발견될 것이다. 안 그래도 젊은 나이에 죽은 놈이 군복까지 입고 있으니 얼마나 더 불쌍해 보일까!

신발부터 샀다.

여러 가지 지형에 두루 적합하고 방수 기능도 있는 트레킹화를 골랐다. 가격이 좀 미쳤지만 눈 딱 감고 질렀다.

바지는 주머니가 많이 달린 카고팬츠를 골랐다. 무난한 청바

지나 활동하기 편한 트레이닝팬츠를 생각해 봤지만, 역시 주머니가 많다는 이점이 가장 중요했다.

'아! 장갑이랑 모자도 사볼까?'

장갑은 손 보호에, 모자는 머리 보호에 도움이 된다.

뭐든 가지고 갈 수 있는 것은 죄다 챙겨가는 것이 좋았다.

집에 돌아오니 저녁이었다.

이제 남은 시간은 3시간밖에 없었다.

빼먹은 것이 없나 점검한 후에 책상에 앉아 종이와 펜을 들고 글을 썼다.

『사랑하는 가족들에게.』

만에 하나 내가 살아 돌아오지 못했을 때를 대비한 유서였다.

내가 얼마나 가족들을 사랑하는지에 대해 썼다. 간단히 쓰고 싶었는데, 마지막 작별이라는 생각에 글이 자꾸만 길어졌다.

눈에 눈물이 고였다.

참을 수가 없어서 입을 막고 조용히 울었다.

유서를 서랍 안에 넣고, 나는 잠들 준비를 했다.

속옷과 양말을 세 겹씩 입었다. 시험이 며칠씩 길어질 수도 있으니까.

새로 사온 바지와 트레킹화, 셔츠와 스웨터를 입고, 그 위에 아웃도어 재킷을 입었다.

'이러니까 꼭 등산 가는 사람 같군.'

혹시나 싶어서 주머니에 다용도 나이프와 라이터, 작은 망원

경, 스마트폰, 그리고 사탕 한 봉지를 쑤셔 넣었다. 손목시계도 착용했다.

'아마도 이런 물건들은 못 가져가겠지?'

카르마 보상 중에 '물건을 아이템화' 하는 항목도 있었다.

즉, 카르마를 지불하여 아이템으로 만들지 않으면 반입할 수 없을 것이다.

그래도 혹시나 싶어서 그냥 챙겨봤다. 만에 하나 될지도 모르니까.

'엄마, 다녀올게.'

불을 끄고 침대에 누웠다.

*　　*　　*

제길…….

너무 긴장돼서 잠이 안 온다.

이것저것 껴입은 탓에 잠자리가 불편한 탓도 있었다. 난 원래 홀랑 벗고 자니까.

"석판 소환."

―성명(Name): 김현호

―클래스(Class): 3

―카르마(Karma): ㅁ

―시험(Mission): 다음 시험까지 휴식을 취하라.

―제한 시간(Time limit): 27분 41초

"지랄, 시간은 잘도 가네."

나는 나직이 웃었다. 이렇게 삶이 귀중하게 느껴진 적이 없었다.

눈을 뜬 채로 석관에 새겨진 제한 시간이 1초씩 변하는 걸 지켜보았다.

27분이 지나는 건 순식간. 어느새 최후의 카운트다운이 시작되었다.

5초, 4초, 3초, 2초, 1초……

0으로 바뀜과 동시에 나는 의식이 가물가물해졌다. 역시 예상대로 시간이 되면 저절로 잠이 들게 되는 시스템이었다.

＊　　　＊　　　＊

"어서 오세요! 저를 다시 보니까 반갑죠?"

아기 천사는 여전히 깐죽거리며 나를 반겼다.

"팬티 좀 입으면 더 반갑겠다. 뭐 자랑스러운 번데기라고 대놓고 덜렁거려?"

"에이, 제가 나름 특혜도 드렸는데 얼굴 보자마자 독설이세요? 섭섭하네요."

"특혜?"

"시험에 대한 열의가 돋보이는 준비성이 마음에 들어서 특별히 서비스를 해줬다고요."

"무슨 서비스?"

"한번 스스로를 살펴보세요."

그제야 나는 내 옷차림을 살펴보았다.

일단 트레킹화부터 장갑, 모자까지 전부 잘 때 입었던 차림 그대로였다.

"역시 잘 때 입은 옷차림 그대로 오는 거였군."

"맞아요. 입고 있는 의류와 신발까지는 허용돼요. 다른 건 안 되죠."

그리고 보니 손목시계는 보이지 않았다. 그리고 주머니를 살펴보니 챙겨 넣었던 라이터와 다용도 나이프 등은 없었다. 다만, 카고팬츠 안에 넣었던 사탕 한 봉지는 있었다.

"서비스는 사탕 한 봉지냐?"

"네, 이번만 특별히 허용한 거예요. 고맙죠?"

"졸라 고맙다. 하나 주랴?"

"네."

아기 천사는 두 손을 내밀었다. 나는 사탕봉지를 뜯어 하나를 주었다.

"어때? 이만하면 내 준비성은 그럭저럭 백점 만점이지?"

"98점 드릴게요. 혼자서 준비할 수 있는 최선을 다하셨네요."

"부족한 2%는 뭔데?"

"뭘까요?"

이 새끼가…….

아기 천사는 히죽거리며 말했다.

"맞추면 2카르마 드릴게요. 자, 제한 시간 60초! 시~ 작!"

갑작스런 퀴즈에 나는 깜짝 놀랐다. 2카르마라면 납구슬탄

100발 값이었다.

뭐지?

내가 뭘 빼먹었지?

나는 열심히 고민했다. 머리를 쥐어짜도 달리 떠오르는 답이 없었다.

'가만, 저 녀석이 방금 말했지? 혼자서 준비할 수 있는 최선을 다했다고. 그렇다면?'

순간 정답이 뇌리에 떠올랐다.

"이런 지랄이 있나!"

나도 모르게 욕설을 내뱉었다. 스스로의 멍청함에 화가 난 탓이었다.

"알아내셨나요?"

나는 이를 갈며 대꾸했다.

"……다른 시험자를 만나보지 못했어."

"정답! 시험자 김현호에게 2카르마가 주어집니다. 좋겠네요?"

"좋긴 뭐가 좋아!"

너무나도 중요한 부분을 나는 놓치고 말았다. 충분히 힌트가 있었는데도!

"다시 말하지만 첫 시험에서 시험자 김현호는 손꼽힐 정도의 성적을 거두셨다고요."

"보통은 시험자 김현호처럼 하지 못해요."

나와 같은 시험자들이 또 있다는 것을 아기 천사는 굳이 숨기지 않았다.

그런데 난 알아차리지 못했다.

내가 가장 먼저 해야 했던 일은 바로, 다른 시험자를 찾아서 직접 만나 여러 가지 정보와 조언을 받는 일이었다.

"잠깐, 그럼 시험이나 아레나에 대해 떠들고 다녀도 상관없는 거야?"

"상관없는데요. 실프로 묘기를 부려서 유튜브 스타가 되셔도 상관 안 해요."

"……"

얼굴이 절로 찡그려진 내게 아기 천사가 어깨를 토닥였다.

"에헤이, 그래도 2카르마 공짜로 얻었잖아요? 사탕 한 봉지도 챙겼고."

"2카르마 지금 쓸 수 있어?"

"그러세요."

나는 석판을 소환해서 카르마 보상으로 납구슬탄 100발을 구매했다. 총알이 더 확보돼서 그나마 다행이었다.

"자, 그럼 준비가 끝나셨다면 본격적으로 두 번째 시험에 대해 알아볼까요?"

"전처럼 아무것도 안 가르쳐 주고 그냥 떨어뜨려 놓는 거 아니었냐?"

"헤헤, 물론 저도 시험자 김현호가 똥줄 타게 고민하는 걸 좋아하죠."

주먹이 운다.

카르마 보상으로 저 녀석 싸대기 한 대만 때릴 수 있을까?

"제 싸대기는 비싸요."

"……."

아기 천사는 내 생각을 읽었다.

"아무튼 첫 번째 시험은 그냥 워밍업이었고, 두 번째 시험부터가 본론이에요."

본론으로 돌아오자 나는 긴장하며 아기 천사의 말에 집중했다. 한 마디도 놓쳐선 안 된다. 스쳐 지나간 한 마디가 힌트가 될지도 모르니까.

"이제부터는 다른 시험자와 함께 시험을 수행할 거예요."

"다른 시험자?"

그래서 그런 퀴즈를 낸 거였군.

"몇 명인데?"

"시험자 김현호 외에 4명이요."

"어떤 사람들이야?"

"직접 보세요. 옆에 있잖아요."

"응? 옆에 누가 있다는…… 헉!"

나는 화들짝 놀랐다. 뿐만 아니라,

"꺅!"

"와! 씨발 뭐야!"

"우앗?!"

"……!"

주변에 있던 다른 네 사람도 놀라 자지러졌다. 나와 천사밖에 없던 공간에 갑자기 네 사람이 더 나타난 것이다!

우리는 놀란 눈으로 서로를 바라보았다.

트레이닝복에 운동화를 신은 20대 여성.

40대쯤 되어 보이는 험한 인상의 몸집 큰 중년 사내.

대학생 정도로 보이는 어린 청년.

그리고 30대 중반쯤 된 차가운 인상의 사내까지.

4인을 쭉 둘러본 나는 다시 아기 천사를 바라보았다.

아기 천사는 손뼉을 짝짝 쳤다.

"자자, 주목하세요. 여러분은 모두 막 첫 시험을 마친 시험자들이에요. 훌륭한 성적을 받은 분들도 있고, 그냥저냥 평범한 분들도 있고, 심히 걱정되는 분도 있죠. 아무튼 앞으로 여러분은 함께 시험을 치러야 하니 잘들 해보세요."

그러면서 손가락을 딱 튕기니, 시험의 문이 나타났다.

"야, 이 쥐방울 참새 새끼야! 시험에 대해서도 좀 설명을 해야 할 거 아냐!"

험한 인상의 40대 사내가 버럭 소리를 질렀다.

아기 천사는 방긋 웃으며 말했다.

"싫은데요?"

"아니, 근데 이 싸가지 없는 새끼는⋯⋯!"

"또 벼락 맞을래요?"

비로소 흠칫하는 인상 험한 사내. 저 아저씨도 벼락 맞아봤구나.

그런데 말투가 험악하고 거침없는 태도를 보니 어쩐지 건달 같은 느낌이 풍긴다. 인상도 그렇고 어울리기 좋은 성격으로 보이지가 않는다.

'괜찮을까? 저런 사람이랑 한 팀으로 잘할 수 있으려나 모르겠네.'

그런 생각을 하는 게 나뿐만이 아닌 것 같았다.

20대 여성도, 대학생 청년도 긴장한 눈으로 인상 험한 중년 사내를 바라보고 있었다.

30대 사내만이 눈 하나 깜짝 안 하고 차가운 무표정을 유지할 따름이었다.

이럴 때가 아니라 일단 시험이 뭔지 확인해야지.

"석판 소환."

나는 석판을 소환했다.

그러자 다른 사람들도 비로소 나를 따라 '석판 소환'이라고 외쳤다. 정말로 타인의 석판은 보이지 않았다.

―성명(Name): 김현호
―클래스(Class): 3
―카르마(Karma): ㅁ
―시험(Mission): 제한 시간까지 생존하라.
―제한 시간(Time limit): 7일

"이, 일주일?"

"생존?"

여성과 대학생이 화들짝 놀랐다.

"어이, 참새! 그냥 목숨이 일주일 붙어 있기만 하면 되는 거냐?"

건달 같은 사내가 아기 천사에게 물었다. 아기 천사는 고개를 끄덕이며 말했다.

"맞아요. 귀찮으니까 어서들 가세요. 벼락 때립니다. 하나, 둘, 셋, 넷⋯⋯."

"에이, 씨발! 가면 되잖아, 가면!"

건달 같은 사내는 벼락이 무섭긴 했는지 가장 먼저 시험의 문을 열고 나가버렸다.

그 뒤를 따라 우리도 차례로 시험의 문을 통과했다.

$$*\qquad *\qquad *$$

첫 번째 시험과 마찬가지로 숲이었다.

"에이, 니미. 또 숲이야."

건달 같은 사내가 투덜거렸다.

다들 주위를 둘러보느라 여념이 없었다.

나 역시 숲을 둘러보며 이상한 느낌을 받았다. 숲의 풍경이 낯설지가 않았다.

다들 나서지 않고 주위만 둘러볼 뿐이어서, 하는 수 없이 나는 용기를 내서 말했다.

"저기, 다들 첫 시험이 레드 에이프였나요?"

"예."

"맞아요."

20대 여성과 대학생이 대답했다.

"뭐야, 니들도 그 망할 원숭이랑 싸웠냐?"

건달 같은 사내가 나에게 반문했다.

나는 대꾸 대신 고개만 끄덕였다. 초면에 반말을 찍찍 하니 기분이 안 좋았다.

"그때 그 숲이군."

한 마디도 없던 차가운 30대 사내가 처음으로 말했다. 여성과 대학생도 고개를 끄덕였다.

역시나.

여긴 첫 시험 때의 그 숲이었다.

"그럼 이 숲이 장소에서 레드 에이프 다섯 마리가 죽었군요?"

"그렇게 되네요."

대학생이 대답했다.

"그럼 이번 시험은 레드 에이프로부터 일주일 동안 살아남는 게 관건 아닐까요?"

내 말에 건달 같은 사내가 피식 웃었다.

"그깟 원숭이 새끼가 뭐 무섭다고. 나타나는 족족이 다 때려죽이면 돼."

"수십, 수백 마리가 몰려올지도 몰라요."

"그걸 네가 어떻게 알아 자식아?"

오케이.

난 이 아저씨가 아주 싫다.

"원숭이든 영장류든 집단생활을 해요. 레드 에이프가 집단을 이루고 있고 그중 5마리가 여기서 죽었다면, 다른 동료가 복수를 위해 몰려오지 않을까요?"

"……."

건달 같은 사내가 말문이 막혔고, 나는 계속 말했다.

"아직 추측일 뿐이지만, 아무튼 여기서 가만히 있지 말고 움직여야 할 것 같아요. 물이랑 식량도 구해야 하고요."

"맞는 말씀 같아요."

대학생도 동의했다.

"저도 찬성이요."

여성도 조심스런 목소리로 찬성했다. 역시 이 두 사람은 협조성이 좋다.

문제는 건달처럼 불량한 이 중년 아저씨와 도통 말수가 없는 차가운 30대 사내였다.

"뭐, 어차피 일주일간 짱 박힐 안전한 곳도 찾아야 하니까."

무안해진 건달 중년은 그렇게 말하며 앞장서서 성큼성큼 걷기 시작했다. 어느 방향으로 갈지도 지가 멋대로 결정 내려 버린다.

저 작자가 갈수록 문제를 일으킬 것 같다는 불길한 예감이 들었다.

하지만 지금은 어쩔 수 없다.

나는 그 뒤를 따랐고, 다른 이들도 따라 걷기 시작했다.

"에이, 씨발, 담배도 없어."

건달 중년은 자기 주머니를 뒤적거리더니 투덜거렸다. 걷다가 투덜투덜, 몇 걸음 걷다가 또 투덜투덜. 건달 중년은 끊임없이 욕지거리를 하며 우리를 불편하게 했다.

'이 사람들은 다들 카르마 보상으로 뭘 골랐을까?'

그 점이 가장 궁금했다.

어떤 스킬과 무기를 얻었느냐에 따라 전투 방식이 달라진다. 모두의 전투 방식을 알아야 서로 어떻게 호흡을 맞출지도 정할 수 있는 것이다.

'그러고 보니 천사가 말했지?

"훌륭한 성적을 받은 분들도 있고, 그냥저냥 평범한 분들도 있고, 심히 걱정되는 분도 있죠."

우리는 모두 5명.

즉, 훌륭한 성적을 거둔 사람이 두 명, 평범한 성적을 거둔 사람이 두 명, 남은 한 명은 성적이 나쁘다고 해석할 수 있다.

아마 나쁜 성적을 받은 사람은 20대 여성이겠지. 아무래도 여자니까.

훌륭한 성적을 거둔 2인. 그중 한 명은 분명 나다. 그럼 다른 한 명은 누굴까?

'대학생은 아닌 것 같지만, 혹시 모르지. 나 같은 놈도 좋은 성적을 거뒀으니까 겉보기로는 모르잖아.'

적어도 저 건달 중년은 아니겠지. 너무 멍청하니까.

한번 물어볼까? 다들 스킬과 무기가 뭔지?

그렇게 고민하고 있을 때였다.

"난 박고찬이다."

입을 연 것은 건달 중년이었다.

"강남 밤거리에서 박고찬 하면 모르는 놈이 없지."

역시 건달이었냐.

8장

동료들

"이 바닥에 20년간 지내면서 내 손에 담가진 놈만 열 명이 넘어. 너희와 달리 난 이런 일에 아주 익숙하지. 그러니까 너희는 그냥 나만 믿고 따르면 되는 거야."

그렇게 떠들던 박고찬은 문득 뒤따라 걷던 20대 여성의 어깨에 툭하니 손을 얹었다.

"알았지, 아가씨?"

"왜, 왜 이러세요."

여성은 당황해서 박고찬의 손을 뿌리쳤다.

박고찬은 뻔뻔스럽게도 다시 어깨를 잡고 자신의 품으로 확 끌어당기며 말했다.

"아가씨 마음 다 알아. 이런 일 겪게 돼서 많이 무섭지? 앞으로 내가 안전하게 보호해 줄게. 어때? 고맙지?"

"놔, 놔주세요."

낯빛이 창백해진 여성은 애처롭게 떨리는 목소리로 저항했다.

대학생은 어찌할 바를 몰라 하며 그 모습을 지켜보았다.

나도 마찬가지였다.

아까부터 안하무인으로 행동하던 박고찬이 슬슬 본색을 드러냈다.

이곳 아레나는 법으로 보호되는 곳이 아니니, 본색을 드러내기 시작한 박고찬은 멋대로 횡포를 부릴 터였다.

그땐 저 여자가 무슨 꼴을 당할지는 안 봐도 뻔했다.

'안 되겠다.'

나도 저 조폭 노릇 했다는 박고찬이 두려웠지만, 저 꼴을 보고도 모른 척할 수가 없었다.

저 여성과도 앞으로 계속 시험을 함께해야 하고, 지금 나서지 않으면 박고찬의 행패를 인정하는 꼴이었다.

나는 그들에게 박고찬에게서 여성을 떼어내며 말했다.

"저, 불편해하시니까 이러지 마시고……."

퍼억!

순간 내 얼굴이 옆으로 돌아갔다. 왼뺨이 화끈거렸다.

"악!"

털썩 주저앉은 나는 왼뺨을 부여잡고 신음했다.

"이 씨발 새끼가. 지금 누굴 치한 취급이야? 좆같은 새끼가!"

퍽!

박고찬이 내 옆구리를 걷어찼다.

"컥!"

턱 숨이 막혔다. 나는 옆구리를 붙잡고 뒹굴었다.

고통과 함께 억울한 기분이 치밀었다. 내가 왜 이딴 새끼한테 맞아야 하지? 날 자기보다 약자라고 생각하니까 거침없이 폭력을 휘두르는 것이다.

'실프를 소환할까? 총으로 겨눠서 위협할까?

그런 생각들이 뇌리를 스쳤다.

"넌 처음부터 마음에 안 들었어. 좆도 아닌 새끼가 입만 살아서 나불나불 아는 체하고."

박고찬은 이 무리의 주도권을 쥐기 위해 기선제압을 하는 것이었다. 이 무슨 고딩 일진 같은 얕은 사고방식인가?

그렇게 권력을 잡고 나면 일행을 제 부하처럼 멋대로 다룰 셈이겠지.

"흑흑흑……."

일이 폭력으로까지 번지자 여성은 울음을 터뜨렸다.

여자 앞에서 형편없이 얻어맞다니! 정말 자존심 상한다. 생각 같아서는 저 나이 헛먹은 건달 자식을 실프를 시켜서 목을 따든 총으로 쏴버리든 하고 싶다.

"싸, 싸우지들 마세요."

대학생으로 보이는 어린 청년이 나섰다. 하지만 박고찬의 사나운 눈길과 마주할 뿐이었다.

"넌 뭐야, 씨발."

"저, 저는……."

"무장."

박고찬의 오른손에 커다란 장검이 소환되었다. 시퍼런 칼날을 본 대학생이 깜짝 놀라 뒷걸음질을 쳤다.

"왜, 왜 그러세요?!"

"이참에 여기서 서열부터 정하자. 나한테 불만 있는 놈 있으면 나와 봐."

장내가 쥐 죽은 듯이 조용해졌다. 여성은 물론이고 대학생도 꿀 먹은 벙어리가 되었다.

'싸워서 서열을 정하자고? 저거 미친놈 아냐?'

좋든 싫든 살아남기 위해 서로 협력해야 하는 동료인데 싸우자니?

생각 같아서는 실프와 마법소총을 소환해서 위협하고 싶었다.

하지만 저놈은 건달이었다.

그렇게 싸움이 일단락된다 해도, 내게 원한을 품고 어떤 식으로 보복할지 모르는 일이었다.

게다가 저 인간 머릿속엔 함께 있는 여성을 갖고 놀고 싶은 생각이 가득할 테고 말이다. 성욕에 눈 돌아간 인간은 이성을 상실해 버리니까.

우리를 충분히 제압했다고 생각했는지, 박고찬은 이제 아무런 반응도 하지 않는 30대 사내에게 눈길을 돌렸다.

"어이, 형씨."

"……."

30대 사내는 대꾸가 없었다. 하지만 미동도 없는 무표정. 박고찬을 전혀 겁내는 눈치가 아니었다.

"댁은 어때? 나한테 불만 있어?"

"……."

"씨발, 대답 안 해!"

분위기가 심상치 않았다.

아무런 대꾸도, 그렇다고 두려워하지도 않는 30대 사내. 박고찬도 이제 자존심상 물러날 수가 없게 되었다.

박고찬이 사내에게 다가가 바짝 얼굴을 가까이 들이밀었다.

"왜 대답이 없어? 벙어리야? 쫄았어? 대답을 못하겠으면 고개라도 끄덕여 보란 말이야."

고개만 끄덕이면 굴복한 것으로 간주하고 넘어가겠다는 통첩이다. 박고찬도 정말 싸움까지 벌이고 싶지는 않은 거다.

그런데 바로 그때였다.

쉭!

사내의 오른손이 번개같이 움직여 박고찬의 얼굴을 덮었다. 검지와 중지가 박고찬의 두 눈두덩에 얹어져 있었다.

"왁, 씨발. 뭐야!"

화들짝 놀란 박고찬이 허둥지둥 손을 뿌리치며 물러났다.

"손가락으로 눈알을 후벼 파는 건 아주 쉽지."

마침내 열린 사내의 무거운 입에서 스산한 말이 흘러나왔다.

딱딱하게 안색이 굳은 박고찬에게 사내가 말했다.

"남녀노소 누구나 가능하다. 손가락 다섯 개 중 하나는 필히 눈을 찌를 테니까. 하지만 누구나 시도할 수 있느냐 하면, 그렇지는 않지."

사내의 어눌한 어투와 강한 억양은 중국인이나 조선족의 그

것이었다.

"난 어떨 것 같나? 사람 해치는 데 망설임이 있는 인간 같나?"

"씨, 씨발. 뭐라는 거야, 조선족 새끼가."

말투는 여전히 험악하지만 아까보다 목소리가 작아진 박고찬.

"서열을 정하자고 했나?"

"그, 그렇다면?"

떨리기 시작하는 박고찬의 목소리.

사내의 입가에 차가운 미소가 번졌다.

"덤벼."

"이, 이 새끼가! 이거 안 보이냐? 장난 같아?"

박고찬은 다시 한 번 장검을 들어 보이며 위협했다.

"보여. 그러니까 덤비라고."

"이 씨발 놈이……!"

일촉즉발의 긴장감!

"저, 저기, 말려야 하는 거 아닌가요?"

대학생이 다가와 조심스럽게 물었다. 나는 고개를 저었다.

"놔둬 봐요."

"네?"

"안 덤빌 거예요."

난 박고찬을 턱으로 가리켰다.

"저런 인간은 자기가 다칠 것 같으면 안 싸워요. 그래서 위협만 하는 거죠."

학창시절의 양아치들 생리와 비슷하다. 꼭 아무 저항도 못하는 약자만 골라서 괴롭히지 않은가. 맞서 싸울 용기가 있는 학생은 안 건드린다.

건달도 경찰에 신고하고 악쓰며 덤비는 일반인은 안 건드린다. 쉽게 겁먹고 저항 못하는 사람만 타깃으로 골라서 피를 빨아먹는다.

"아오, 확 죽일 수도 없고. 운 좋은 줄 알아라."

예상대로 박고찬은 장검을 내리고 먼저 물러섰다.

다들 안도의 한숨을 쉬었다. 그렇게 상황이 마무리되나 싶었다. 그런데,

"덤비라고 했다."

다시 울려 퍼지는 사내의 말.

놀란 박고찬이 뒤돌아보았다.

내 착각인가? 사내의 눈빛에서 스산한 기운이 흐르는 것 같았다.

"이 새끼가, 진짜 해보자는 거야!"

"스스로 내뱉은 말에는 책임을 져야지?"

박고찬의 이마에 땀방울이 맺히기 시작했다. 아마 머릿속에 '잘못 건드렸다'는 메아리가 울려 퍼지고 있겠지.

"어이, 지금 우리끼리 싸울 수도 없고, 일단은 여기까지 하지?"

박고찬은 겁먹은 티를 내지 않으려고 애를 쓰며 말했다.

"열을 세겠다."

사내가 말했다.

"안 덤비면 눈알을 하나 뽑아버린다. 난 자기 말에 책임을 안

지는 놈이 가장 싫어."

"이, 이봐, 여기까지 하자고 했잖아!"

"하나, 둘, 셋, 넷……"

열을 향해 달려갈수록 박고찬의 얼굴이 공포로 물들었다.

지켜보는 우리도 알 수 있었다.

건달 박고찬은 아무것도 아니었다. 정말로 무서운 사람은 저 사내였다.

"……아홉, 열."

끝내 덤비지 못한 박고찬. 쥐고 있는 장검이 사시나무처럼 떨리고 있었다.

그런 그를 빤히 쳐다보다가, 사내가 말했다.

"처음이자 마지막 경고다."

그러면서 사내는 등을 돌렸다.

지옥이라도 다녀온 것처럼 박고찬의 얼굴은 멍해졌다.

'저 사람이다!'

나 말고 높은 성적을 거둔 또 한 사람. 확실했다.

*   *   *

"저는 김현호라고 하고 얼마 전까지 공무원 시험을 준비하고 있었는데, 다른 분들은 성함이 어떻게 되세요?"

한동안 어색해진 분위기 속에서 걷다가 내가 꺼낸 말이었다. 최소한 통성명이라고 해야 할 것 아냐, 이 인간들아.

협조성 좋은 대학생이 답했다.

"저는 이준호라고 해요. 올해 고려대에 갓 입학한 신입생입니다."

역시 대학생이었군. 어려 보이긴 했지만 스무 살 새내기일 줄이야.

"이혜수…… 회사원이었어요."

20대 여성의 이름은 이혜수였다. 과거형인 걸 보니 직장을 관둔 모양이다.

박고찬은 아까 자기소개를 지랄로 했으니, 이제 남은 것은 30대 사내였다.

하지만 사내가 말 안 한다 해도 우리는 뭐라고 할 생각이 없었다.

"강천성. 무술가. 상해에서 왔다."

중국에서 온 무술가!

그제야 우리는 강천성이 박고찬을 전혀 겁내지 않은 이유를 알게 되었다.

박고찬의 얼굴빛이 더욱 안 좋아졌다. 만약 정말 덤볐으면 험한 꼴을 볼 뻔했으니까.

통성명이 끝난 후에는 다시 어색한 분위기 속에서 걸음만 옮겼다.

간간히 대학생 이준호와 나만이 대화를 나눌 뿐이었다.

회사원 이혜수는 간간히 우리들의 말에 짧게 대꾸는 했지만, 아무래도 박고찬에게 성추행을 당할 뻔한 일 때문에 충격을 받은 듯 말수가 적었다.

"슬슬 목이 마르네요. 물은 어디에 있을까요?"

이준호의 말이었다.

"제가 한번 찾아볼게요. 실프!"

나는 두 번째 시험이 시작되고서 처음으로 실프를 소환했다.

—냐앙.

허공에 나타난 실프가 내 뺨에 얼굴을 비벼왔다.

"어? 그게 뭐예요?"

깜짝 놀란 이준호가 물었다. 이혜수, 박고찬, 강천성도 놀라 이쪽을 바라보았다. 내가 말했다.

"카르마 보상으로 얻은 정령술 스킬이에요. 실프라고 바람의 정령이죠."

"정령술이요? 보조스킬 중에 그런 것도 있었어요?"

"메인스킬이에요."

내 말에 여러 사람이 반응했다.

"메인스킬이요?!"

"메인스킬이라고?"

"메인스킬?"

이준호, 박고찬, 심지어 강천성까지 놀란 반응이었다.

그동안 말수가 극단적으로 적었던 강천성은 나에게 물었다.

"첫 번째 시험으로 몇 카르마를 받았지?"

"500카르마요."

"······!"

얼굴이 놀라움으로 물든 강천성. 보아하니 내가 그보다 성적이 뛰어났던 모양이다.

"구라치는 거 아냐? 네까짓 게 어떻게 500카르마를 받아?"

박고찬이 또 시비를 걸었다. 나는 어깨를 으쓱했다.

"실력보단 가능성을 평가한 결과라고 하던데요. 아무튼 그걸로 정령술과 소총을 얻었습니다. 못 믿겠으면 한번 보실래요?"

나는 전장식 마법소총과 탄알집 혁대를 소환했다. 탄알집 혁대는 납구슬탄 100발이 추가되어 전보다 더 묵직했다.

"말도 안 되는……."

박고찬은 믿기 어렵다는 표정이었다.

흥, 이제 알겠지? 난 댁이 우습게 볼 수 있는 사람이 아니야. 언제고 날 때린 대가를 지불하게 해주마.

"실프, 근처에 물이 있나 찾아봐 줘."

—냥!

실프는 쌩하니 날아갔다.

그사이에 난 다른 이들에게 물었다.

"다른 분들은 카르마 보상으로 무엇을 받으셨어요? 그걸 알아둬야 나중에 싸울 때도 서로 호흡을 맞출 수 있을 것 같은데."

"저는 첫 시험 때 270카르마를 받았는데. 정말 대단하시네요. 배울 수 있는 메인스킬은 전부 400카르마라 못 배웠어요."

협조성 좋은 이준호가 가장 먼저 대답했다.

"하는 수 없이 보조스킬 중에 '체력보정'을 초급 2레벨까지 배웠고, 남은 카르마로 방패를 구입했어요. 보여드릴게요."

그러면서 이준호는 둥그런 가죽 방패를 소환해 보였다. 무기는 없는 모양이었다.

"체력보정이 뭐죠?"

보조스킬을 본 적이 없었기 때문에 나는 궁금해져서 물었다.

"말 그대로 체력을 보정해 주는 스킬이에요. 초급 1레벨은 육체를 건강한 성인 남성 수준으로 만들어주고, 2레벨은 운동신경이 뛰어난 육체로 만들어주더라고요."

이준호는 쑥스러운 듯 머리를 긁적였다.

"제가 원래 몸이 좀 약해서 그걸 우선 2레벨까지 배웠어요."

이준호는 비록 키는 작지만 체격은 다부져 보였다. 그런데 그게 운동을 많이 해서가 아니라, 체력보정이라는 보조스킬을 배운 덕분인 모양이었다.

"진짜 좋은 스킬이네요. 저도 체력이 별로인데, 혹시 그건 카르마가 얼마나 들었어요?"

"초급 1레벨은 100카르마, 초급 2레벨은 150카르마요."

그야말로 헬스계의 혁명이다.

나도 볼품없이 마른 몸이 콤플렉스인 사람이다. 근데 보조스킬만 구매하면 운동이 필요 없이 몸짱이 될 수 있는 게 아닌가!

'이번 시험 끝나면 당장 구입해야겠네.'

멋진 몸에 대한 욕심 때문이 아니라, 체력은 정말 중요한 요소이니 말이다.

"이런 씨발, 나는 250카르마를 받았는데. 내가 저놈만도 못하다는 거야?"

박고찬이 욕설과 함께 짜증을 냈다. 뜨끔한 이준호는 움츠러들었다.

"난 체력보정 초급 3레벨이랑 장검을 얻었다."

"3레벨?"

"내가 니들하고 같은 줄 알아? 난 원래 체력이 좋았어, 새끼들아."

'그렇구나.'

박고찬은 본래부터가 체력보정 초급 2레벨에 해당하는 육체를 갖고 있었기 때문에 바로 3레벨부터 배울 수 있었던 것이다.

'그럼 내가 건강한 성인 남성 수준의 육체라면 2레벨부터 배울 수 있겠어.'

좋은 사실을 깨달았다.

이번에는 이혜수 차례였다. 그녀는 잠시 머뭇거리더니 조심스럽게 말했다.

"저는 100카르마로 체력보정 초급 1레벨을 배웠어요. 그것 말고는 없어요. 죄송해요……."

"흐흐, 괜찮아 아가씨. 내가 지켜준다니까 그러네."

박고찬의 음흉한 말에 이혜수의 안색이 창백하게 질려 버렸다.

—냐아앙.

때마침 실프가 돌아왔다.

"물은 찾았니?"

—냥!

실프는 왼쪽 방향을 가리키더니, 초고속으로 비행하며 숫자 '293'을 그렸다.

"고마워. 있다가 다시 부를게."

난 실프를 소환해제하고 일행에게 말했다.

"300미터 떨어진 곳에 물이 있대요."

우리는 실프가 가르쳐 준 방향으로 향했다. 걸어가면서 나는 강천성에게도 물었다.

"보상으로 뭘 택하셨어요?"

"400카르마. 오러 컨트롤 초급 1레벨."

400카르마라. 나보다 낮군.

대충 첫 시험에서 어떻게 싸웠을지 머릿속에 그려진다.

숨어 있던 레드 에이프가 기습하지만 강천성은 무술가답게 재빨리 피해내고 반격해서 피떡으로 만들었겠지.

아무튼 메인스킬 오러 컨트롤은 무술가인 그에게 딱 적합해 보였다.

그런데 강천성의 말이 이어졌다.

"지금은 초급 4레벨이다."

"예?"

"카르마 없이도 수련을 통해 레벨을 올릴 수 있더군."

깜짝 놀랄 만한 사실이었다.

스킬을 카르마 없이도 훈련으로 레벨을 올릴 수가 있는 것이었다니!

'어라? 그런데 오러 컨트롤을 수련할 시간이 11일밖에 없었을 텐데?'

의문이 들어서 강천성에게 물었다.

"11일 만에 3레벨로 올리신 건가요?"

"오러 컨트롤은 내가권의 원리와 흡사한 면이 많더군. 난 팔

패장을 번자권과 함께 평생 수련해 왔다."

나는 그만 강천성의 대단함에 질려 버렸다.

한마디로 그는 오러만 없었지 처음부터 초급 4레벨의 실력을 지니고 있었던 것이다!

도무지 이제 막 첫 번째 시험을 마친 시험자라고 생각되지 않는 수준이었다. 대체 얼마나 강할지 싸우는 걸 보고 싶다.

아무튼 대충 우리가 어떻게 싸워야 하는지가 머릿속에 그려졌다.

난 원거리에서 총을 쏘고, 세 남자는 앞에서 싸우며 이혜수를 보호한다.

'결국 이혜수가 문제네. 체력보정 초급 1레벨 말고는 아무것도 없으니. 그나마 체력은 건강한 성인 남성 수준이 되었으니 나랑 비슷하거나 나보다 나으려나?'

이준호도 방패밖에 없었으니, 무기를 구해야 할 듯했다.

'나무를 깎아서 창을 두 자루 만들면 그럭저럭 쓸 수 있겠지?'

싸울 상대가 내 추측대로 레드 에이프라면 나무창으로도 충분히 효과를 볼 수 있을 것이다.

얼마나 걸었을까?

우리는 졸졸 흐르는 개울가에 도착했다.

물을 마시던 산토끼 한 마리가 후다닥 달아나는 것이 보였다.

"실프!"

―냥?

실프가 소환되었다.

"토끼를 잡아!"

―냐앙!

실프는 수풀 속으로 자취를 감춘 토끼를 향해 쏜살같이 날아
갔다.

잠시 후, 실프는 토끼의 뒷목을 입에 물고 나타났다. 토끼는
실프에게 물려 둥실 허공에 뜬 채 버둥거렸다.

일단은 두 귀를 잡아서 토끼를 포획했다. 그리고 실프에게 물
었다.

"바람을 칼날처럼 날카롭게 써서 토끼의 경동맥을 자를 수
있지?"

―냐앙.

실프는 고개를 끄덕였다.

나는 토끼를 들고 개울로 다가갔다. 개울 위에 토끼를 들고서
실프에게 말했다.

"해."

―냥!

실프는 바람의 칼날로 토끼의 목을 베었다.

좌악!

토끼의 목에서 피가 철철 쏟아졌다. 개울이 순간 붉게 물들었
다.

숨을 거두고 축 늘어진 토끼. 나는 뒷다리를 잡고 거꾸로 들
어 올려 피가 전부 개울로 쏟아지게 했다.

"오, 쓸 만한데?"

박고찬이 가볍게 감탄했다.

거기까진 좋은데 쓸데없는 말을 덧붙인다.

"앞으로 식량은 네가 담당해라."

내 얼굴이 와락 일그러졌다.

'근데 저 깡패 새끼가 어디다 대고 명령질이야?'

가뜩이나 박고찬에게는 얻어맞은 게 있어서 앙금이 있었다. 생각 같아선 저 인간 목도 따버리고 싶었다.

'두고 보자.'

속이 부글부글 끓었다.

일행은 개울에 얼굴을 처박고 물을 마셨다.

나 역시 목이 말랐지만 토끼의 피가 다 빠질 때까지 들고 있어야 했다. 근데 이거 언제까지 들고 있어야 하지?

"이리 주세요. 제가 들고 있을게요."

물을 다 마신 이준호가 다가왔다.

"감사합니다."

일행 중에서 이준호가 가장 마음에 든다.

개울물을 마시고 세수도 마쳤을 때쯤 토끼의 피가 다 빠졌다.

이젠 해체를 해야 하는데, 우리 중 나이프를 가진 사람은 아무도 없었다. 하는 수 없이 그것도 실프에게 맡겨야 했다.

실프는 바람의 칼날로 토끼를 해체했다. 인터넷으로 동물을 해체하는 방법을 대충 공부했기 때문에 제대로 지시를 내릴 수 있었다.

아랫배를 가르고 발목을 자른 뒤에 가죽을 벗긴다.

"욱!"

그걸 보던 이혜수가 헛구역질을 했다. 이해한다. 나도 미치겠는데 여자는 어떻겠는가.

머리를 잘라 가죽을 완전히 벗기고 나니, 붉은 몸통이 나타났다.

다시 실프를 시켜서 항문 쪽부터 배를 가르니 대장·소장·간·심장 등이 드러났다. 간과 심장은 먹을 수 있으니 따로 떼어놓고 나머지는 전부 들어내 땅속에 파묻었다.

일행들은 해체 작업을 하는 나를 지켜보고 있었다.

한 생명을 죽여서 해체하는 일은 나로서도 처음이라 손이 덜덜 떨렸다.

'그래도 익숙해져야지.'

개울물로 이물질을 전부 씻어내니 토끼의 몸통이 먹기 좋게 해체 완료되었다.

"우와, 그런 것도 할 줄 아셨어요?"

구경하던 이준호가 감탄했다. 나는 어깨를 으쓱했다.

"아뇨, 인터넷에서 보고 대충 공부해 뒀죠. 실프 덕분에 어떻게 되긴 되네요."

"준비성 진짜 좋으시네요. 그래서 형님이 가장 많은 카르마를 얻었나 봐요. 아, 형님이라고 불러도 되죠?"

"그냥 형이라고 부르세요."

"네, 형! 그럼 형도 말 편하게 하세요."

"그럴까?"

마음이 잘 맞았던 이준호와는 쉽게 친해질 수 있었다.

"다 됐으면 빨리 구워봐. 배고프네."

박고찬은 나무 등치에 기대고 털썩 주저앉았다. 아 놔, 저 인간이 진짜.

난 강천성에게 물었다.

"오늘은 여기서 쉴까요? 아니면 좀 더 이동할까요?"

"마음대로."

강천성의 대답은 성의가 없었다.

'아, 속 터져.'

강천성은 다른 의미로 박고찬 못잖게 짜증나는 작자였다.

우리 중에서 가장 강자이고, 박고찬이 꼼짝 못하는 유일한 인물이기도 했다. 강천성이 리더 역할을 자청하고 나선다면 팀워크도 원활해질 텐데, 시종일관 무관심이다.

'눈치도 없나?'

여기서 쉬어가자는 박고찬의 생각 없는 의견에 반대하려고 일부러 강천성에게 물어본 건데.

레드 에이프 무리가 쫓아올 거라고 가정한다면, 아직 대낮인데 벌써 한곳에 머물러 있어서는 안 되는 것이다.

'하는 수 없나.'

나는 직접 나서기로 했다.

"일단은 좀 더 이동한 다음에 저녁 때 야영을 하기로 하죠."

"알았으니까 일단 밥부터 먹자고 새끼야."

"그럼 불을 피워야 하잖아요."

"피워, 인마."

"피울 줄 아세요?"

"뭐?"

"불 피울 줄 아시냐고요. 엄청 힘들 것 같은데 그걸 지금 하고 나중에 야영할 때 또 하자고요?"

"네가 하면 되잖아, 새끼야."

박고찬의 목소리가 점점 커졌다. 한 마디만 더 하면 폭발할 기세였다.

심장이 쿵쾅쿵쾅 요동쳤다. 그래, 난 싸움에 익숙하지 않다. 저런 폭력배가 무섭다. 싸운다면 내가 이기겠지만, 그래도 무섭다. 정말 싸울 수도 없는 노릇이고, 서로 얼굴 붉히기가 부담된다.

나는 고개를 돌려 강천성에게 말했다.

"일단은 이동하는 게 좋겠는데 괜찮겠죠?"

"그러지."

"그렇다는데요?"

난 박고찬에게 물었다.

"이런 씨……."

박고찬은 낭패 어린 기색이 되었다. 강천성이 가자고 하니 반대할 수가 없는 것이다.

일단 토끼 고기는 가죽과 함께 챙겼고, 우리는 다시 이동을 시작했다. 흐르는 개울물을 따라 이동을 했다. 동굴 같은 안전한 장소가 있으면 좋겠는데.

그런데 그때, 박고찬이 내게 다가왔다.

"어이, 김현호."

"예?"

"조심해라."

"……."

"한 번만 더 아까처럼 말대답하면 모가지를 따버린다. 알겠냐?"

"실프처럼요?"

"……!"

이번엔 박고찬이 흠칫했다. 박고찬이 얼마나 악명 높은 건달이었든, 모가지 따는 건 실프가 훨씬 잘한다.

솔직히 나도 놀랐다. 하도 실프를 시켜서 박고찬 목 따는 상상을 많이 한 탓이 그만 반사적으로 나온 대꾸였다.

박고찬은 한동안 나를 무서운 눈으로 노려봤지만, 이내 계속 가던 길을 걸었다.

'하아…….'

그만 한숨이 나왔다.

이제 첫날인데. 싸움은 아직 하지도 않았는데 벌써부터 왜 이렇게 힘이 들까.

걷는 중간중간 나는 실프를 소환해서 주변 정찰을 하고 지낼만한 동굴이 있나 살폈다.

몇 시간을 걷고 나니 마침내 실프가 동굴을 발견했다. 고개를 하나 넘고 나서야 그 동굴에 도착할 수 있었다.

"오늘은 여기서 쉬는 게 좋겠죠?"

이준호와 이혜수가 고개를 끄덕였다. 박고찬과 강천성은 여전히 묵묵부답.

뭐, 그래도 동의한 줄 알고 나는 모닥불을 피울 준비를 했다.

"불을 피워야 하니까 다들 주변에서 마른 나뭇가지랑 낙엽, 지푸라기를 모아주세요."

그렇게 말해놓고 나 역시 동굴을 나섰다.

이준호와 이혜수는 내 말이 떨어지자마자 즉시 움직였지만, 박고찬은 동굴 안에 앉은 채 꿈쩍도 하지 않았다.

강천성도 우리와 다른 방향으로 걸어갔다.

*　　　*　　　*

나와 준호, 이혜수는 함께 다니며 나뭇가지와 낙엽, 지푸라기를 주웠다.

"준호도 그렇고, 혜수 씨도 무기가 필요하시죠?"

내가 물었다.

"네⋯⋯."

"필요하죠. 그렇지 않아도 무기로 쓸 만한 걸 찾으려 했는데."

"나무로 창을 깎으면 어떨까요?"

"와, 그럼 감사하죠."

"감사합니다."

이혜수도 그걸 원하는지 고개를 꾸벅 숙이며 인사했다.

아마존 뺨치는 숲이라 징그러울 정도로 큰 나무들이 넘쳤다. 나는 대충 아무 나무나 하나 골라잡고, 작업을 시작했다.

"실프."

―냥.

다시 소환된 실프.

"2미터 이상 되는 굵은 나뭇가지 두 개만 잘라줘. 최대한 곧

게 자란 걸로."

─냐앙.

실프는 쏜살같이 날아간 실프는 이윽고 썩둑썩둑 나뭇가지 두 개를 잘라서 내 앞에 대령했다.

계속해서 나는 실프를 시켜서 잔가지를 모두 쳐내고 나뭇가지를 일정 굵기로 깎았다.

나뭇가지가 장대처럼 반듯해지자, 끝을 뾰족하게 깎았다. 그렇게 두 자루의 나무창이 완성됐다.

"좀 엉성하긴 하지만 그래도 일단 이걸 쓰세요."

준호와 이혜수에게 나눠주었다.

"고마워요, 형."

"감사합니다."

나는 땔감으로 쓰기 위해 실프를 시켜서 나뭇가지 몇 개를 더 잘라 토막 냈다.

동굴에 돌아왔을 때, 강천성도 돌아와 있었다. 강천성의 발밑에도 땔감이 쌓여 있었다.

도끼도 없는데 땔감을 어떻게 만들어왔을까 싶었는데, 땔감의 상태를 보니 짐작할 수 있었다.

'헐, 주먹으로 부쉈구나.'

오러를 쓴 주먹은 저런 굵은 나뭇가지도 부숴 버릴 정도인 모양이었다.

"형, 불 피울 줄 아세요?"

"응."

이런 때를 대비해서 야밤에 태조산에서 연습 삼아 불장난 좀 해봤다.

"저도 도울게요."

"그럼 이 나무랑 이걸 잡고 계속 문질러."

"네."

준호는 나뭇가지를 들고 땔감에 대고 강하게 문지르기 시작했다.

한참을 문질러야 했는데, 체력보정 초급 2레벨 덕분인지 준호는 끈덕지게 계속 문질렀다. 대단하군. 나도 얼른 체력보정을 익히고 싶다.

마찰열로 검게 타고 연기가 피자 나는 실프를 소환해서 지시했다.

"실프 산소를 집중시켜 줘."

─냐앙.

바람의 정령 실프에게는 이런 재주도 있었다. 낙엽과 지푸라기를 가져다대고 실프가 산소를 집중시키자,

화륵─

불이 피어올랐다.

"됐다!"

준호가 뛸 듯이 기뻐했다.

모아온 낙엽과 지푸라기, 마른 나뭇가지를 다 투입해서 불을 키우고 땔감을 모았다. 그렇게 동굴 앞에 모닥불을 피우는 데 성공했다.

"이젠 토끼를 구울 차롄데……."

"통구이로 구워야겠죠?"

"응. 꼬챙이로 꿰어서 돌려가면서 구워야지."

"이거면 되죠?"

준호는 내가 만들어준 나무창을 내밀었다.

"그래, 못 쓰게 되면 또 만들어줄게."

"네."

나무창에 토끼 고기를 꿰고 모닥불 위에 올려놓았다.

나는 이혜수를 손짓해서 불렀다.

"혜수 씨, 이것 좀 구워주세요."

"……알겠어요."

이혜수는 순순히 나무창을 잡고 토끼를 굽기 시작했다. 그런 그녀에게 내가 말했다.

"이런 일에서 기여가 많으면 얻을 수 있는 카르마도 많을 거예요. 혜수 씨는 싸움에 불리하니까 이런 일을 더 많이 하세요."

난 나직한 목소리로 말을 이었다.

"카르마를 얻어서 스킬을 익히고 강해지면 박고찬도 건드리지 못할 거예요."

"정말 고마워요."

그녀는 고마움을 표했다.

타오르는 모닥불이 그녀의 얼굴을 비춘다.

가까이서 보니 이혜수는 화장을 하지 않은 민낯인데도 예뻤다.

하얗고 고운 피부, 펌을 한 짧은 단발머리가 갸름한 얼굴과 잘 어울린다. 키는 현지랑 비슷한 165센티미터로 보이는데, 검정색 트레이닝팬츠로 감싸인 날씬한 다리가 인상적이었다.

'이러니 박고찬이 침 흘리지.'

강천성에게 한번 기가 꺾인 후에도 박고찬은 여전히 안하무인이었다. 강천성의 무관심한 태도를 틈타 눈치껏 행패를 부린다. 그런 뻔뻔함으로 보아, 앞으로도 이혜수를 놓고 문제를 일으킬 것은 명약관화였다.

'당분간은 내가 지켜줘야겠다.'

강천성은 무관심하고, 준호는 착하지만 대가 약하니 나밖에 없다. 어차피 박고찬과는 이미 대립하게 되었고 말이다.

고기 굽는 냄새가 맛있게 풍겼다. 혜수가 뒤집어가며 굽던 토끼 통구이가 슬슬 익은 것 같았다.

"다 익었나요?"

"그런 것 같아요."

"그럼 제가 자를게요."

혜수는 토끼 통구이를 모닥불에서 꺼냈다. 난 실프를 시켜 토끼 통구이를 다섯 조각으로 잘라 모두에게 나눠주었다. 정말, 나이프가 없으니 사소한 것까지 실프에게 의존하게 되는구나.

토끼 고기는 그럭저럭 맛이 괜찮았다. 뜨거워서 맨손으로 먹기 불편했고, 조미료도 없어서 밋밋했지만, 공복에 먹으니 그런 걸 따질 겨를도 없었다.

"아, 간에 기별도 안 가네."

박고찬이 투덜거렸다. 그럼 그냥 굶어 죽지 그러서?

"얌마, 한 마리 더 잡아와 봐. 이거 갖고 되겠냐?"

아, 말 섞기도 귀찮다. 나는 주머니에서 사탕 하나를 꺼내 박고찬에게 던졌다.

"어? 이게 뭐야?"

"보면 몰라요?"

"어디서 났어! 이런 걸 갖고 올 수 있단 말이야?"

"원래 못 갖고 온대요. 특별 서비스라나?"

"이런 씨발, 난 담배랑 라이터도 못 가져왔는데 사람 차별하는 거야, 뭐야!"

그래도 사탕이 입에 들어가자 말이 사라진 박고찬이었다. 입을 다물게 하는 대가가 사탕 하나인가.

나는 사탕을 다른 사람들에게도 하나씩 나눠주었다.

"고마워요, 형."

"감사합니다."

준호와 이혜수가 고마움을 표했다. 여차하면 이 두 사람만 데리고 야반도주할까?

식사가 끝나고 밤이 깊었다.

"불침번을 정해야겠어요."

잠들기에 앞서 내가 말했다.

"뭔 불침번이야."

이 딴죽은 어김없이 박고찬이다.

"모닥불도 지켜야 하고, 습격이 없는지 경계도 해야 하니까요. 한 사람당 1시간 20분씩 돌아가면 될 것 같아요. 순서는 제가 임의로 짜도 되겠죠?"

난 일부러 강천성에게 물었다. 강천성은 고개를 끄덕였다. 덕분에 박고찬도 괜한 트집을 잡지 못했다.

불침번 순서는 다음과 같았다.

이혜수―이준호―나―강천성―박고찬.

박고찬을 마지막 순서에 넣은 것은 고심 끝에 내린 신의 한 수였다.

깨워도 안 일어날 수 있다. 그래서 전 순서로 강천성을 넣었다. 강천성이 깨우는데 지가 안 일어나면 어쩔 거야?

또한 다음 순서를 시간보다 일찍 깨울 우려도 있다. 그래서 마지막에 배치했다. 이러면 불침번 문제로 행패부릴 수 없는 거다.

첫 순서인 이혜수는 동굴 앞 모닥불에서 불침번을 서고, 나머지는 동굴 안에서 잠들 청했다. 잠자리가 불편해 뒤척이는 사람이 대부분이었다.

나는 토끼 가죽 안에 짚을 잔뜩 채워서 베개를 만들었다. 사냥도 해체도 내가 했으니 이 베개는 나만의 특권이었다.

옷을 따뜻하게 입은 덕분에 밤의 쌀쌀한 공기에도 어느 정도 참을 만했다.

그렇게 나는 두 번째 시험의 첫날을 마감했다.

*　　　*　　　*

"일어나라."

우릴 깨운 것은 강천성의 목소리였다.

"으윽."

나는 피로에 신음하며 잠에서 깼다. 석판을 소환해 시간을 확인해 보니, 내가 불침번을 마치고 교대한 지 채 40분도 되지 않왔다.

"무슨 일이세요?"

"놈들이 왔다."

그 말에 번쩍 정신이 뜨인다. 다른 이들도 놀라서 각자 무기를 들었다.

"실프, 무장, 착용."

나 역시 전투태세를 마친 후에 실프에게 지시했다.

"실프, 적이 있니?"

—냥.

고개를 끄덕이는 실프.

"원숭이처럼 생기고 털이 붉은색인 놈들이니?"

—냥.

이번에도 실프는 고개를 끄덕였다.

"정말로 그 새끼들이네."

박고찬은 장검을 꼬나 쥐었다.

실프는 땅에 숫자 21을 새겼다.

"21마리?"

"그, 그렇게 많이!"

21마리라는 말에 준호가 기겁을 했고, 이혜수의 안색도 창백해졌다. 나무창을 쥔 그녀의 양손이 사시나무처럼 바들바들 떨렸다.

"헹, 동굴 입구만 지키면 그만이야. 몇 놈이든 오라그래."

박고찬이 기세등등하게 말했다. 하지만 내가 반박했다.

"아니에요. 모닥불을 지켜야 해요."

"뭐?"

"일부러 밤에 습격해 왔어요. 저놈들은 어둠 속에서 자신이 있기 때문이에요. 아마 가장 먼저……."

가장 먼저 모닥불을 노릴 것이라고 말하려는 찰나였다.

"끼엑!"

"키엑!"

레드 에이프들이 숲 속에서 괴성을 지르며 돌멩이를 던졌다. 돌멩이들이 모닥불을 맞추며 불똥과 재가 사방으로 비산했다.

모닥불이 꺼지면 우리가 급격히 불리해진다!

난 급히 납구슬탄을 한 주먹 꺼내고 총구에 하나를 넣었다.

"실프, 조준 부탁해."

─냥!

나는 개머리판을 어깨에 견착(肩着)하고 방아쇠를 당겼다.

투웅─ 퍼억!

"꿱!"

납구슬탄이 발사되자 수풀 속에서 레드 에이프 한 마리의 짧은 비명이 울려 퍼졌다. 목이나, 머리, 심장에 맞았을 것이다. 실프가 그렇게 조준했으니까.

계속해서 빠르게 납구슬탄을 집어넣고서 곧바로 사격했다. 실프가 있으니 조준은 필요 없었다.

퉁, 픽!

"케엑!"

반발마법이 납구슬탄을 강하게 밀어낼 때마다, 어김없이 수풀 속에서 들리는 비명.

"우와……."

이준호는 넋을 놓았다.

"어떻게 보이지도 않는데 다 맞추는 거야?"

박고찬은 말도 안 된다는 얼굴이었다.

순식간에 6마리째를 죽였을 때였다.

"키에에엑!"

"끼에엑!"

성난 고함 소리가 숲을 쩌렁쩌렁하게 울렸다. 주먹도끼를 쥔 레드 에이프들이 참지 못하고 대거 튀어나온 것이었다.

노도처럼 밀려오는 15마리의 레드 에이프.

"뒤에서 지원할게요!"

내가 소리쳤다. 그러자 가장 먼저 동굴 밖으로 뛰어나간 사람은 강천성이었다.

순간적으로 진각을 밟나 싶더니, 앞으로 쏘아져 나가며 오른손을 뻗었다.

뻐어억!

단 일격이었다.

손바닥에 맞은 레드 에이프의 머리가 180도 돌아갔다. 목뼈가 부러진 소리가 여기까지 들릴 정도였다.

"끼엑!"

옆에서 다른 놈이 주먹도끼를 휘둘렀다. 보는 우리는 아찔한 기분이 되었다.

빽!

먼저 공격한 건 레드 에이프인데, 강천성의 주먹이 먼저 턱에

도달했다.

강천성은 다시 반대 방향으로 몸을 회전하며 다른 놈의 목과 다리를 붙들고 그대로 집어 던졌다. 던져진 놈이 다른 녀석들과 부딪쳐 나동그라졌다.

'세상에!'

힘으로 던진 게 아니었다. 균형을 무너뜨려서 적은 힘으로 나가떨어지게 만든 것이다. 저게 팔괘장인 모양이었다.

정말로 강했다. 강천성 혼자서도 전부 쓰러뜨릴 수 있을 것 같았다.

'이대로 구경만 할 수는 없지.'

나는 다시 장전한 뒤에 방아쇠를 당겼다.

투웅— 퍽!

한 마리의 머리에서 피가 분수처럼 터졌다.

총성에 비로소 넋을 잃고 강천성의 싸움을 구경하던 일행도 정신을 차렸다.

이준호가 슬금슬금 방패와 나무창을 쥐고 앞으로 나아갔다.

"카르마 따려면 싸워야지!"

박고찬도 소리치며 달려나갔다.

"흐윽, 흐으윽⋯⋯!"

이혜수만이 공포에 젖어 꼼짝도 못할 뿐이었다.

싸움은 빠르게 정리됐다.

내가 9마리를 죽였다.

이준호는 나름 열심히 싸웠지만 한두 마리에게 부상을 입히는 것으로 그쳤고, 박고찬은 열심히 장검을 휘두르며 설친 것에

비해 성과는 1마리 사살, 1마리 부상뿐이었다.

나머지는 거의 다 강천성이 처치했다. 그는 거의 한 방에 한 마리씩 일격필살로 사살했다.

"케에엑!"

"끼이익!"

남은 두 마리가 겁에 질려 달아났다. 내가 소리쳤다.

"실프! 전부 목을 베어 죽여!"

ㅡ냥!

실프가 쏜살같이 날아갔다. 이윽고 레드 에이프들의 단말마의 비명이 숲 속에서 짧게 울려 퍼졌다.

그렇게 싸움은 우리의 대승으로 돌아갔다.

9장

유혈

싸움이 끝나고 나니 피비린내가 진동했다. 레드 에이드의 시체가 무더기로 널려 있는 광경은 어쩐지 비현실적이었다.

첫 시험 때, 난 한 마리를 죽이는 것조차 버거웠다. 간신히 넝쿨로 목을 졸라 죽여 놓고도 한동안 정신적인 충격에 빠져 있어야 했다.

그런데 오늘은 11마리가 내 손에 죽었다. 첫 시험 때보다 훨씬 쉬웠다.

"이 지랄 같은 기분에 익숙해지라고? 네 눈에는 내가 그럴 수 있는 인간으로 보이냐!"

"네, 그렇게 보이는데요."

결국은 아기 천사 녀석이 옳았다. 난 충분히 그럴 수 있는 인간이었다.

그러지 못하는 사람도 있는 모양이지만.

"우웩!"

이혜수는 헛구역질을 했다. 눈물로 범벅된 얼굴을 보니 안쓰러움이 밀려왔다.

"괜찮으세요?"

"네…… 죄송해요……."

그녀는 울음을 참으며 간신히 대답했다.

"괜찮지 못할 건 또 뭐야? 뒤에서 아무것도 안 하고 구경했는데."

대놓고 비아냥거리는 박고찬. 그 말이 서러웠는지 이혜수의 흐느낌이 더욱 커졌다.

'댁도 딱히 대활약을 한 건 아니거든, 이 아저씨야?'

박고찬의 뻔한 속내 때문에 더욱 그가 곱게 보이지 않았다.

단순히 싸가지가 없기 때문이 아니라, 계속 저런 식으로 이혜수를 깔아뭉개며 압박감을 느끼게 만들려는 것이다. 지켜주는 대신 몸을 제공해라, 같은 거래를 정당화하기 위해서 말이다.

'큰일이네. 이런 상황을 극복하려면 스스로가 용기를 내서 적극적으로 싸워야 하는데.'

이혜수가 생각보다 더 무기력해서 걱정이 들었다.

이렇게 짐만 되는 일이 계속되면 이 팀에서 그녀가 설 곳이 없어진다. 방해만 되는 그녀를 보는 일행들의 시선도 점점 싸늘해지고, 결국은 박고찬이 원하는 상황이 될지도 모른다.

"형, 이걸로 끝난 걸까요?"

"그럴 리가."

나는 고개를 저었다.

"이걸로 끝날 정도였으면 일주일간 생존하라는 시험을 내지도 않았겠지."

"아무튼 형 말대로 정말 싸울 상대가 레드 에이프였네요."

"그나마 모르는 상대가 아니어서 다행이야. 그런데……."

나는 시체가 널린 동굴 앞을 둘러보며 한숨을 쉬었다.

"이제 여기에 더 머물지 못하겠네."

"그냥 이곳에 있으면 안 돼요? 오늘처럼 싸우면서 일주일간 버티면 되잖아요."

글쎄. 난 서둘러 이곳을 떠나야 한다고 생각하지만, 일단 모두의 의견을 들어봐야지.

난 모두에게 물었다.

"놈들이 또 오기 전에 이곳을 떠야 한다고 생각되는데, 다들 어떻게 생각하세요?"

"이곳이 안전하다."

강천성이 반대했다. 중요한 문제라 이 인간도 자기 의견을 내는군.

"숲에서 싸우면 장담 못한다."

맞는 말이다. 이곳 동굴 앞은 넓은 공터가 있어서 싸우기 유리했다.

하지만 숲은 다르다.

놈들이 숨을 엄폐물이 너무 많고, 전후좌우뿐만이 아니라 나무 위에서 공격해 올 수도 있다. 그런 입체적인 싸움은 수적으로 유리한 놈들이 단연 유리한 것이다.

"하지만 이곳에 있어도 위험한 건 똑같아요."

"왜지?"

"먼저 레드 에이프의 지능 수준을 짚어볼게요. 녀석들은 매복 공격도 하고, 야습도 하죠. 그리고 가장 먼저 모닥불을 노리는 판단력도 있었고요."

내 설명은 계속되었다.

"그렇다면 먼저 덤비지 않고 이곳을 포위했다가 우리가 물이나 식량을 얻으러 나올 때 공격하는 발상도 하지 않을까요?"

"……그렇군."

강천성은 수긍했다.

내 의견에 다들 얼굴이 심각하게 굳었다. 싸움 한 번 이겼다고 좋아할 상황이 아닌 것이다.

"그래도 다행인 점은 한 놈도 살려 보내지 않고 모두 죽였다는 점이에요. 녀석들이 다시 습격해 올 때까지 시간이 있으니 그 틈에 다른 근거지를 찾는 게 어떨까요?"

"좋다."

"저도 좋아요, 형."

"저도……."

강천성, 준호, 이혜수가 모두 찬성했고, 마지막으로 박고찬도 고개를 끄덕여 보였다.

그렇게 우리는 동굴을 떠나기로 했는데, 나는 출발 전에 세 겹씩 입었던 팬티와 양말을 하나씩 벗었다.

그것을 땔감으로 마련한 나무토막의 끝부분에 휘감고, 모닥불에 집어넣어 불을 붙였다.

화르륵—

'얼추 되는구나.'

나는 임시방편으로 만든 횃불을 바라보며 흐뭇해졌다.

"형, 이것 때문에 속옷이랑 양말을……."

"세 겹씩 입고 왔어."

노팬티 취급하지 말아줄래?

"와, 형 진짜 준비성 끝내주네요. 거기까지는 전혀 생각하지 못했는데."

아직 날이 어두웠으므로, 나는 횃불을 들고 앞장서서 걸었다.

"실프, 근처에 동굴이 또 있는지 알아봐 줄래?"

—냐앙.

실프가 쌩하니 날아갔다. 잠시 후에 반경 1.1킬로미터를 모두 살피고 온 실프는 고개를 저었다. 하기야, 동굴이 그렇게 흔할 리가 있겠냐.

다행히 레드 에이프는 이 일대에 없었다.

"일단 걸어야겠네요. 아까 녀석들이 저쪽으로 도망치려 했으니, 우리는 반대 방향으로 가보죠."

내가 앞장서자 일행들도 순순히 따랐다. 11마리를 죽인 활약 덕분인지 박고찬도 딴지를 걸지 않고 고분고분해졌다.

근데 어쩐지 내가 일행의 리더가 된 듯한 느낌이었다. 이런 역할은 하고 싶지 않았는데 상황이 묘하게 됐다. 강천성은 원채 무관심하고 박고찬은 인심을 잃는 바람에 주도권이 자연히 나에게 굴러들어왔다.

걸음을 옳기다 보니 해가 떠오르기 시작했다. 날이 밝자 횃불을 버리고 계속 걸었다.

5분마다 실프를 소환해서 60초간 주변 정찰을 시키는 것을 잊지 않았다.

실프의 정찰에 따르면 이 숲에는 토끼나 사슴, 원숭이 같은 초식동물이 많이 살았다.

"아무래도 레드 에이프의 숫자가 상당히 많나 봐요."

"놈들이 나타났어?"

박고찬의 물음에 나는 고개를 저으며 말했다.

"어제부터 계속 숲을 다녔는데 초식동물밖에 발견하지 못했어요. 사냥할 먹이가 이렇게 풍부한 데 비해 뱀이나 올빼미 같은 걸 제외하면 육식동물은 레드 에이프뿐이에요."

"이 숲이 놈들의 영역이군."

강천성이 말했다.

난 고개를 끄덕였다.

"만약 정말로 이 일대를 영역으로 삼고 있다면, 녀석들은 상당히 큰 집단일 거예요."

그리고 그만한 집단을 통솔하는 우두머리도 당연히 있을 것이다.

그 우두머리 놈은 지금쯤 동굴 앞에 죽어 있는 21마리의 동료를 보고 분노하고 있을지도 모르지.

*　　　*　　　*

"키아아아악ㅡ!"

분노의 포효였다.

레드 에이프들이 일제히 겁에 질려 몸을 움츠렸다.

2미터에 달하는 거대한 덩치.

피처럼 시뻘건 털.

겉모습부터가 압도적인 위용을 자랑하는 무리의 지배자가 진노하고 있었다.

레드 에이프 로드라 불리는 종(種)이 있다. 한 세대마다 한두 마리씩 태어나는 이 돌연변이는 일반 종보다 두 배는 큰 덩치와 파워를 갖는다. 무리의 지배자가 될 수밖에 없는 운명인 것이다.

물론 그러기까지 시련을 겪어야 한다.

현재의 우두머리도 그러했다.

레드 에이프 로드는 태어났을 때는 일반 종과 다를 바 없었지만, 자라날수록 특별 종으로서의 특징이 두드러지기 시작했다.

기존의 우두머리는 잠재적 경쟁자에게 강한 적개심을 보였다. 때문에 싹이 짓밟히기 전에 달아나야 했다.

무리로부터 떨어져 나와 홀로 숲에서 살아남으며 혹독한 성장기를 보낸 로드.

어느 날 문득 자신이 우두머리만큼이나 크게 자랐음을 깨닫고는 무리로 돌아왔다. 다시 만난 우두머리는 어릴 적에 봤을 때처럼 두렵지 않았다.

도전했고, 승리했다.

그 후로 지금까지는 무소불위의 통치!

또 다른 특별종이 태어나고 자라 도전했지만 이겨냈다. 두 차례나 도전을 물리치고 우두머리 자리를 이겨냈을 때, 로드는 사상 최강의 지배자로 등극해 있었다.

그런 로드가 분노하고 있었다.

"키아아아악!!"

수백 마리의 레드 에이프가 공포에 떨었다.

풍요로운 이 숲에 흘러 들어온 맹수나 몬스터는 얼마든지 있었다. 그때마다 로드는 격퇴했다. 무리를 이끌며, 때로는 자신의 힘을 과시하며 우두머리로서의 위엄을 보였다.

영역은 점점 넓어지고 레드 에이프는 전례 없이 번식하여 무리의 숫자가 크게 늘었다.

그런데 이 숲에서 동족이 죽어나가기 시작한 것이다.

영역을 침범한 적이 있음을 알고 부하들을 보냈다.

그런데 시간이 지나도 소식이 없어서 직접 와 보니, 부하들은 시체가 되어 있었다. 바로 자신들의 영역에서 벌어진 일이었다.

용서할 수 없었다.

자신의 권위를 무시한 놈들을 응징해야 한다.

"키에에엑!"

로드가 호령했다.

"키에엑!"

"끼엑!"

"키에에엑!"

수백 마리의 레드 에이프가 너도나도 울부짖으며 호응했다.

피의 복수!

그리고 무리의 영역을 지키기 위한 혈투가 시작되려 하고 있었다.

✱   ✱   ✱

우리는 흐르는 시냇물을 따라 걸었다. 수통이 없는 탓에 되도록 물에서 가까이 있는 게 좋다고 여겼다. 시냇물에는 큼직한 물고기도 많아 식량도 구하기 편했다. 실프를 시키면 토끼 사냥도 쉽지만, 생선이 손질이나 요리가 더 편하니까.

나무토막을 날카롭게 깎아서 간단한 칼을 만들었는데, 이혜수가 이걸로 생선을 손질해서 요리했다. 내 조언대로 사소한 잡일을 도맡으려고 하는 태도였다.

간밤의 싸움에서는 짐만 됐으니 그녀도 경각심이 들었을 것이다. 이런 거라도 해서 도움이 되지 않으면 카르마를 얻을 수 없고, 계속 이렇게 무력할 수밖에 없다.

'그나저나 이상하네.'

어제 오늘 이틀간 지켜본 결과, 내 느낌상 그녀의 체력은 일반적인 여성과 크게 다르지 않아 보였다. 걷다가 지치고 발 아픈 것을 티내지 않으려고 꾹 참는 기색이 역력했지만 말이다.

'체력보정 초급 1레벨을 습득했다고 하지 않았나?'

체력보정 초급 1레벨은 건강한 성인 남성 수준의 체력이라고 들었다. 내 저질 체력보다 좋다는 뜻이다.

그런데 그녀는 오히려 나보다 체력이 약해 보였다. 그래서 이상하다는 생각이 들었다.

실프와 함께 불을 피우자 그녀는 생선을 구워 모두에게 나눠주었다. 요리가 끝나자마자 불을 재빨리 껐다. 피어오르는 연기로 위치가 노출될 수 있으니까.

"다 먹었으면 가죠. 몸에 베인 냄새를 없애야 하니까 씻는 것도 잊지 말아주세요."

"에이, 귀찮게."

궁시렁거리며 시냇물에서 손을 씻는 박고찬. 다른 일행도 순순히 내 말에 따라주었다.

시냇물을 따라 걷는 가장 큰 이유는 바로 이거였다.

흐르는 물을 따라 이동하면 우리의 체취가 덜 베이지 않을까 싶었던 것이다.

보통 육식동물은 후각이 예민한데, 레드 에이프도 마찬가지라고 생각된다. 도구도 쓰고 지능도 있지만, 그래도 인간보단 짐승에 더 가까워 보였으니까.

다시 움직이기 시작하면서 실프를 소환해 정찰을 했다.

말 그대로 바람처럼 날아가 정찰을 마치고 돌아온 실프는 웬일인지 나한테 애교도 부리지 않고 소리쳤다.

—냐아앙!

"무슨 일 있니?"

실프는 땅에 숫자를 썼다.

293.

"293미터?"

—냐앙!

실프는 고개를 저었다. 그럼 설마…….

"293마리?"

―냥!

고개를 끄덕이는 실프였다.

"뭐라는 거야? 300마리라고?!"

박고찬이 기겁을 했다.

"다, 다른 거 말하는 건 아닌가요? 개미나 쥐 떼 같은…….″

준호도 믿기 어렵다는 듯이 물었지만 실프의 의견을 확고했다.

"레드 에이프 293마리 맞니?"

―냥!

"놈들이 어디에 있어?"

실프는 빙글빙글 돌았다. 그게 무슨 뜻인지 알 수 없어서 한참을 고민해야 했다. 실프가 우리의 주위를 빙빙 돌자 그제야 이해가 됐다.

"사방에 있다고?"

―냥!

"우릴 포위한 거야?"

고개를 젓는 실프.

"그럼 흩어져서 우리를 찾아 숲을 뒤지고 있는 거구나?"

―냥!

간밤에 전투를 치르고서 곧바로 도피했다. 그런데 벌써 사방에 놈들이 있다니!

"야, 이 새끼야, 어떻게 된 거야! 놈들이 다시 올 때까지 시간

이 있을 거라며!'

박고찬이 나한테 화를 냈다.

그걸 왜 나한테 따져?

답은 간단하잖아! 놈들이 우리보다 훨씬 빠른 속도로 이동하는 거지.

"우리가 걸을 때 그놈들은 뛰어다녔기 때문이겠죠."

"이런 쌍, 이게 다 너 때문이잖아, 이 굼벵이 같은 년아!"

"제, 제가 뭘요……!"

박고찬은 또다시 이혜수를 겁박하기 시작했다. 이 상황에서도 저런 태도라니, 이젠 습관이 된 모양이었다.

난 둘 사이에 끼어들며 말했다.

"이럴 때가 아니라 어서 움직여야 해요. 다행히 놈들은 아직 우리 흔적을 못 찾았어요. 그러니까 뿔뿔이 흩어져서 이 일대를 다 뒤지고 있죠."

"형, 그럼 이제 어떡하죠?"

준호의 목소리도 떨리고 있었다. 왜 그걸 자꾸 나한테 물어? 나도 미치겠는데!

떨리는 마음을 애써 잡으며 내가 말했다.

"좀 더 빨리 이동해야지. 놈들은 안 만나게 잘 피해 다니고, 어쩔 수 없을 땐 싸워서 길을 뚫어야지."

"으슥한 데를 찾아서 짱 박혀 있는 게 낫지 않냐?"

박고찬의 물음에 나는 고개를 저었다.

"곧 우리 흔적이 발견될 거예요. 그때부턴 우리가 어디로 향했는지도 다 들킬 텐데, 그 전에 포위망을 뚫고 벗어나야죠."

"흔적이 발견된다고? 얌마, 대체 넌 무슨 근거로……."

"아까 생선 구워 먹었잖아요!"

"……!"

박고찬은 꿀 먹은 벙어리가 되었다.

불 피우고 생선 구워먹은 흔적을 레드 에이프들이 발견 못할까보냐? 시간문제다! 그게 발견되면 이 일대에 뿔뿔이 흩어져 있던 녀석들이 우리를 향해 모여든다. 그 전에 안전한 곳으로 가야 한다.

"실프, 놈들이 없는 방향을 가르쳐 줘."

―냐앙.

실프는 앞발로 약간 왼쪽 전방을 가리켰다.

"가죠!"

내 말에 일행이 걷기 시작했다. 긴박한 상황이니만큼 일행의 걸음걸이는 아까보다 더 빨라졌다.

이동속도가 빨라질수록 이혜수는 힘들어하는 기색이 역력했다. 하지만 이를 악물고 필사적으로 따라오는 눈치였다. 아까 박고찬에게 대놓고 욕먹은 것도 있어서 더욱 눈치가 보이는 모양이었다.

그녀가 더 눈치가 보일까 봐 괜찮으냐고 한마디 말을 건넬 수조차 없었다. 동료끼리도 서로의 눈치를 봐야 하는 분위기……. 나는 이게 결코 좋아 보이지 않았다.

어쨌든 그건 나중에 해결할 문제. 일단은 지금의 위기를 탈출하는 것이었다.

나는 이동 중에 실프를 소환해제하고 다시 소환하기를 반복

했다. 전투를 대비해서 소환 시간을 조절해야 하는 것이 힘들었다. 실프를 소환하고 있어도 소환해제시켜 놓아도 불안했다.

실프가 가르쳐 주는 대로 방향을 수시로 바꿔가며 이동했다.

이리저리 레드 에이프와 맞닥뜨리는 것을 최대한 피하며 이동하기를 한 시간. 그동안 레드 에이프도 서서히 수색망을 좁혀오고 있었다.

'하긴, 여긴 놈들 앞마당이니까.'

수색망이 서서히 좁혀지니 충돌이 불가피한 상황에 이르렀다.

—냥!

다시 소환된 실프가 정찰을 다녀와서 레드 에이프의 위치를 알려주었다.

전방 312미터 앞, 레드 에이프 25마리.

"싸워야겠네요."

일행은 무기를 소환하며 싸울 준비를 했다. 나무창을 양손에 꼭 쥐고 떨고 있는 이혜수가 가장 걱정되었다.

"준호야. 혜수 씨를 잘 보호해 줘."

"예, 형."

강천성은 전방에서 혼자 활약하고, 준호와 박고찬은 이혜수를 보호하며 호흡 맞춰 방어. 그리고 나는 뒤에서 지원사격. 그게 내 머릿속에 든 구상이었다.

우리는 긴장감을 갖고 전방으로 향했다.

"실프. 55미터 이내로 접근하면 알려줘."

—냥!

내 전장식 마법소총의 유효사거리는 60미터. 아예 이쪽에서 먼저 사격으로 선공을 가할 생각이었다.

앞으로 나아갈수록 일행의 걸음이 느려졌다. 그리고…….

─냐앙!

실프가 신호를 보냈다.

탄알집에서 납구슬탄 한 주먹을 꺼냈다. 한 발을 총구에 넣고 전방을 향해 조준, 방아쇠를 당겼다.

발사 순간, 실프가 앞발로 총구를 움직였다.

투웅!

멀리서 한 놈의 비명 소리가 들려왔다.

"키에엑!"

"끼익!"

놀라 요란을 떠는 레드 에이프들.

나는 걸음을 옮기면서 계속 사격을 했다. 따로 사격 자세에 신경 쓸 필요도 없었다. 그냥 쏘면 실프가 알아서 조준해 주니까.

타앙!

"켁!"

한 발을 쏠 때마다 비명 소리가 들렸다.

두 발, 세 발, 네 발…….

5마리를 쏴 죽였을 때, 마침내 레드 에이프들이 우리의 존재를 알아차리고 달려들었다.

"하─!"

이쪽에서는 강천성이 놈들을 향해 정면으로 뛰쳐나갔다.

준호와 박고찬은 감히 흉내 내지 못하고 제자리에서 방어를

할 뿐이었다.

나는 계속 사격해서 두 마리를 더 죽였다.

투웅!

"끽!"

퉁— 퍽!

묵직한 소총의 반발이 느껴질 때마다 한 놈씩 머리나 목이 터지는 모습은 더 이상 끔찍하게 느껴지지 않았다.

마침내 교전이 시작되었다.

강천성을 향해 레드 에이프들이 정면과 좌우에서 덤벼들었다. 그 순간,

퍼퍼퍼퍼퍽!

강천성의 두 주먹이 눈으로 보기도 힘들 정도로 빠르게 움직였다. 레드 에이프들이 펀치에 맞고 무더기로 나가 떨어졌다. 경이로운 위력! 저게 번자권인 모양이었다.

그런데 그때, 나무 위에서 한 놈이 떨어지며 강천성을 덮쳤다.

"위험……!"

내가 뭐라고 경고하려는 순간 강천성은 반사적으로 대응했다. 한 손으로 땅을 짚고 물구나무를 서며 레드 에이프의 머리통을 걷어찬 것!

빠각!

"끼엑!"

목뼈가 비틀리며 레드 에이프는 공중에서 즉사했다.

다시 자세를 바로 잡으려는 순간에 레드 에이프가 더 덮쳤다.

강천성은 땅에 납작 누운 자세에서 한 놈의 다리를 붙잡아 쓰러뜨리고, 두 발로 힘껏 복부를 걷어차며 던져 버렸다. 날아간 레드 에이프가 다른 무리와 뒤얽혀 우수수 쓰러졌다.

몸을 튕기며 단숨에 일어선 강천성은 다시 소나기 펀치로 맹활약을 떨쳤다. 저 사람은 정말인지 천하무적인 것 같았다.

놈들은 강천성은 당해내기 힘들다고 판단한 모양이었다.

레드 에이프들이 강천성을 피하고 우리에게 달려들었다.

"오, 온다!"

준호가 바짝 긴장하며 방패를 들어 올렸다.

"씨발, 와 봐!"

기세 좋게 고함만 지를 뿐, 주춤주춤 뒷걸음질을 치는 박고찬.

"흐흐흑……!"

양손에 쥔 나무창이 무색하게 울음을 터뜨리는 이혜수.

'제길!'

놈들이 지척까지 다가오자 나는 마음이 급해졌다.

납구슬탄을 총구에 집어넣어 장전해야 하는 전장식 방식이 지금처럼 불편하게 느껴진 적이 없었다.

투웅— 퍽!

"끽!"

한 놈이 머리통이 터지며 죽었다.

다시 한 발 장전, 발사.

퉁— 파악!

"켁!"

심장에 맞아 피를 뿌리며 뒤로 날아간 레드 에이프.

박고찬과 준호는 곧 레드 에이프에게 둘러싸여 치열하게 난투를 벌여야 했다.

방패를 든 준호는 그래도 버텼지만, 장검을 서툴게 휘두르는 박고찬은 위태로워 보였다. 두 사람의 뒤에서 나무창을 찌르는 시늉을 하는 이혜수는 전혀 도움이 되지 않았다.

"실프! 목을 베어버려!"

―냐앙!

쏜살같이 날아간 실프가 바람의 칼날을 휘둘러 3마리를 일격에 베어버렸다.

"키에에엑!"

한 마리가 나를 향해 주먹도끼를 휘둘렀다.

"큭!"

난 놀라 뒤로 물러나 피했다. 가까이서 공격받고 있어서 총알을 다시 장전할 틈이 없었다. 왼쪽에서도, 뒤에서도 레드 에이프가 접근하자, 난 황급히 소리쳤다.

"실프!"

―냥!

실프는 내게 돌아와 바람의 칼날을 휘둘렀다.

촤촤촤악―

목에서 피를 쏟는 3마리의 레드 에이프.

간신히 위기에서 벗어났지만, 한숨 돌릴 틈이 없었다.

"꺄아악!"

이혜수가 공격을 받고 넘어진 것이다.

"혜수 씨!"

나는 급한 김에 달려가 레드 에이프를 마법소총의 개머리판으로 후려갈겼다.

뻑!

"끼엑!"

머리를 얻어맞고 비틀대는 레드 에이프.

계속해서 놈들이 사방에서 달려들었다. 도대체가 총알을 장전할 틈이 없다!

"저리 꺼져, 씨발!"

난 버럭 소리 지르며 개머리판을 미친 듯이 휘둘렀다.

퍽!

"아악!"

피했다고 생각했는데, 한 놈이 던진 돌멩이에 왼쪽 어깨를 맞았다. 머리가 아니어서 그나마 다행이었다.

'안 되겠다!'

난 아직도 주저앉아 있는 이혜수를 한 팔로 와락 끌어안았다.

"실프! 우릴 띄워!"

─냥!

순간 강한 풍압이 덮쳤다. 강한 바람에 휩쓸려 나와 이혜수가 하늘로 날아올랐다.

"꺄아악!"

두려움에 비명을 지르는 이혜수.

"나무 위로!"

내 지시대로 실프는 우리를 바로 옆의 큰 나무 위에 착지시켜

주었다.

"꽉 잡고 있어요!"

이혜수에게 소리친 뒤, 재빨리 납구슬탄을 꺼내 장전했다. 됐다!

나는 준호와 박고찬을 공격하는 레드 에이프에게 사격을 가했다.

투웅― 퍼억!

정수리가 터지며 즉사하는 레드 에이프.

계속해서 신속하게 장전하고 방아쇠를 당겼다.

한 마리, 두 마리!

세 마리째 죽였을 때, 몇 마리가 나무를 타고 기어 올라오기 시작했다. 제길, 원숭이 같은 생김새답게 나무를 기막히게 잘 탄다.

"혜수 씨! 놈들을 막아요! 나무창으로 찔러요!"

"아아악!"

이혜수는 패닉에 차 비명을 지르며 나무창을 마구 찔렀다.

올라오던 놈들이 놀라 주춤했지만, 이윽고 다른 나뭇가지로 날렵하게 옮겨가며 계속 접근해 왔다.

그 틈에 한 발 장전을 마친 나는 한 놈을 향해 쐈다.

퉁― 퍽!

"끼엑!"

녀석은 목에서 피를 뿌리며 추락했다.

하지만 다른 두 놈이 우리를 공격하고 있었다. 다시 장전할 틈이 없었다.

나는 다시 이혜수의 허리를 끌어안았다.

"실프! 받아줘!"

난 이혜수와 함께 나무에서 뛰어내렸다.

착지하는 순간, 바람의 힘이 가볍게 우리를 받아주었다. 안전하게 내려온 나는 이혜수를 내려놓고 개머리판으로 다시 한 놈을 후려쳤다.

"으악!"

준호의 비명 소리가 들렸다.

놀라서 돌아보니 나무창을 놓치고 뒷걸음질을 치는 준호의 모습이 보였다. 준호의 이마에서 피가 흘렀다. 던진 돌멩이에 맞은 모양이었다.

"실프, 칼날!"

그 순간, 실프가 사방으로 바람의 칼날을 마구 휘둘렀다.

촤촤촤촤악—!

"꿱!"

"크엑!"

"키이익!"

순식간에 우릴 괴롭히던 레드 에이프 3마리가 쓰러졌다.

때맞춰서 앞에서 홀로 활약하던 강천성이 우리를 돕기 위해 돌아왔다.

강천성이 합류하자 남은 레드 에이프들이 쉬이 덤비지 못하고 주춤했다.

'이때다!'

난 즉시 한 발을 장전하고 방아쇠를 당겼다.

투웅— 퍽!

한 놈이 쓰러져 죽었다.

남은 레드 에이프의 숫자는 불과 4마리뿐이었다.

"끼에에엑!"

"키에엑!"

놈들을 겁에 질려 달아나기 시작했다.

"끝났다……."

나는 안도감이 밀려와 도망치는 놈들의 뒤통수에 총을 쏠 생각도 들지 않았다.

탈진한 준호는 털썩 주저앉았고, 박고찬도 가쁜 숨을 몰아쉬었다. 이혜수는 넋이 나간 듯 멍한 얼굴이었다.

유일하게 냉정을 유지하고 있는 강천성은 두 주먹과 몸에 피가 잔뜩 물들어 있었다. 아마 레드 에이프의 피일 것이다.

가만, 내가 실프의 힘을 얼마나 썼지?

"석판 소환, 스킬 확인."

—정령술(메인스킬): 현재 바람의 하급 정령 실프를 소환 중입니다.

*초급 1레벨: 2시간 소환 가능.(남은 시간 24분) 소환 시간이 만료되면 1시간 뒤에 재소환 가능합니다.

'고작 24분이라니!'

심장이 철렁 내려앉는 기분이었다.

하기야, 바람의 칼날도 많이 썼고 실프의 힘으로 나무로 올라가고 다시 내려오기도 했다.

아무튼 이런 상황에서 전투가 또 벌어지면 승산이 없었다.

"실프의 소환 시간이 얼마 남지 않았어요. 어서 출발하죠!"

도망친 놈들이 무리를 이끌고 돌아올 것이었다.

우리는 쉴 틈도 없이 움직여야 했다. 거의 뛰다시피 하며 달아났다.

숲 여기저기에서 레드 에이프의 고함 소리가 무섭게 울려 퍼졌다. 우리를 발견했다는 신호를 동료들에게 보내는 듯했다.

그 소리에 우리는 숨을 헐떡거리면서도 보다 더 빨리 달렸다.

문득, 여긴 지옥인가 하는 생각이 들었다.

10장

어둠 속에서

지옥 같은 시간이었다.

실프를 소환했다가 소환해제했다가를 반복하면서 나는 헐레벌떡 달렸다.

강천성이나 보조스킬 체력보정을 습득한 준호, 박고찬보다 월등히 체력이 떨어지는 나였다. 하지만 나보다 더 가쁘게 숨을 몰아쉬며 지친 사람이 있었으니, 바로 이혜수였다.

거의 숨이 넘어갈 것 같은 그녀의 얼굴이 눈물로 범벅이 되어 있었다.

극심한 피로와 공포로 질린 얼굴에는 일행들이 자신을 버리고 갈까 봐 두려워하는 기색이 역력했다.

도와주고 싶었지만 지금은 나도 한계까지 쥐어짜고 있는 실정이었다.

"업혀라."

뜻밖에도 강천성이 나섰다. 그는 이혜수를 업고서도 일행의 선두에서 달렸다.

그렇게 되자 가장 뒤처지는 사람은 바로 나였다.

"하악, 하악, 하아악……!"

심장이 터질 것 같았다. 이대로 달리다가 죽는 게 아닐까 두려울 정도였다.

차라리 쓰러지고 싶다는 충돌이 들었다가 사라지기를 몇 차례나 반복되었을 때였다.

─냥!

이제 소환 시간이 5분 정도밖에 남지 않은 실프의 울음소리가 몽롱해져 가는 내 정신을 일깨웠다.

"아……!"

나는 눈앞에 펼쳐진 풍경에 감격했다.

흐르는 시냇물이 작은 폭포와 연결되어 있었다. 폭포 아래는 암벽으로 둘러싸인 협곡이었고, 그 안쪽에 폭포에 살짝 가려진 작은 동굴이 있었다.

"여…… 여기서……."

숨이 차서 말이 제대로 나오지 않았다.

"여기서 쉬자는 거죠?"

체력보정 초급 2레벨이라 나보다 사정이 나은 준호가 물었다.

난 고개를 끄덕였다.

우리는 협곡 아래로 내려갔다. 흐르는 폭포수 뒤에 뚫린 작은 동굴로 들어갔다. 다섯 사람이 들어가자 비좁다고 느껴질 정도로 작은 동굴이었다.

하지만 커튼처럼 동굴 입구를 가리고 있는 폭포수 때문인지 안락함이 느껴졌다.

'다행이다. 여기라면 싸운다 해도 방어하기 유리하겠어.'

폭포수가 우리의 체취가 밖으로 퍼지지 않게 차단해 줄 것이다.

협곡의 통로가 좁아 놈들이 공격해 와도 맞서 싸우기가 용이해 보였다.

나는 실프를 소환해제하고서 일행들에게 말했다.

"오늘은 이곳에서 보내기로 하죠."

일행들은 고개를 끄덕였다.

나는 전장식 마법소총과 탄알집 혁대를 사라지게 하고서 벌렁 엎드렸다. 너무 피곤했던 탓인지, 눕자마자 졸음이 밀려왔다.

*   *   *

정신이 들었을 때는 컴컴한 한밤이었다.

어두워서 아무것도 보이지 않았다. 일행들의 새근거리는 숨소리만 들렸다.

눈이 어둠에 익숙해지자 동굴 내부의 풍경이 보였다.

가장 눈에 띄는 것은 동굴 입구 쪽에 앉아 있는 강천성의 모습이었다.

"안 주무셨어요?"

날 힐끔 본 강천성은 말없이 고개를 끄덕였다. 모두 탈진해서 잠든 동안 홀로 경계를 한 모양이었다.

나는 시간 확인을 위해 석판을 소환했다.

—성명(Name): 김현호
—클래스(Class): 3
—카르마(Karma): 口
—시험(Mission): 제한 시간까지 생존하라.
—제한 시간(Time limit): 5일 9시간 14분

"이제 그만 주무세요. 불침번은 우리끼리 할게요."

그 말에 강천성은 곧장 드러누워 잠을 청했다.

"실프."

—냥.

"쉿, 조용히."

실프는 고개를 끄덕이고는 나에게 얼굴을 비벼왔다. 실프의 애교에 마음이 사르르 녹아내리는 기분이 들었다.

"정찰 좀 해줘."

실프는 고개를 끄덕이고는 동굴 밖으로 날아갔다.

잠시 후 돌아온 실프는 바닥에 숫자를 적었다. 어두워서 잘 보이지 않았다.

"내 손바닥에 써볼래?"

그러자 실프는 내 오른손에 숫자를 썼다. 간지러운 느낌과 함

께 나는 271이라는 숫자를 감지했다.

"271마리?"

실프는 고개를 끄덕였다.

낮의 싸움에서 죽은 레드 에이프를 제외한 모든 개체가 이 인근에 모여 있다. 녀석들은 우리가 이곳 어딘가에 있다고 확신하고 있다.

'상황이 너무 안 좋은데.'

안전한 곳이라고 생각했던 이곳은 사실 그리 좋은 거처가 아니었다.

떨어지는 폭포가 입구를 막고 있어 모닥불을 피울 수 없고, 춥고 습기 차서 잠자리가 불편했다. 이곳에서는 5일을 버텨낼 수 없다.

여기서 탈출해야 한다.

하지만 무슨 수로 271마리의 포위망을 뚫는단 말인가?

'우울해지니까 그만 생각하자.'

잠시 후, 강천성을 제외한 모두를 깨워서 불침번을 정했다. 넷이서 1시간 30분씩 맡기로 했다.

* * *

"일어나, 인마."

박고찬이 툭툭 발로 건드리는 바람에 나는 잠에서 깼다.

"에이, 씨발. 추워서 잠이나 제대로 자겠나."

박고찬은 불침번을 마치고 드러누우며 투덜거렸다. 그런 주제에 저 작자는 얼마 안 있어서 코를 골기 시작했다.

한참을 멍하니 있던 나는 이윽고 졸음을 물리치고 실프를 소환했다.

"레드 에이프가 뭘 하는지 보고 와 줄래?"

—냥.

작게 대답한 실프가 밖으로 날아갔다.

잠시 후에 돌아온 실프에게 내가 물었다.

"놈들은 자고 있니?"

—냥.

고개를 끄덕이는 실프.

밤눈은 좋지만 야행성은 아니군. 그럼 어제의 야습은 역시 전술이었다는 뜻인데.

"전부 자? 아니면 몇 마리는 깨어 있어?"

실프는 내 손바닥 위에 숫자 9를 간지럽게 썼다.

'겨우 9마리?'

수백 마리가 우글거리는데, 그중 잠을 자지 않고 감시하는 숫자가 고작 9마리? 생각보다 허술했다.

하지만 이내 이해할 수 있었다. 수백 마리나 되고 이 숲은 자신들의 영역이다. 두려워해야 할 적이 없으니 경계도 느슨한 것이다.

'그 점을 파고들어 볼까?'

나는 놈들이 자고 있는 틈에 일행들과 함께 달아날 생각을 해 보았다.

하지만 역시 그건 무모했다.

아무리 허술해도 깨어 있는 9마리의 감시에 걸릴 우려가 있다. 또한 우리는 모두 지쳐 있었다. 포위망을 빠져나간 데도 놈들의 추격을 따돌리지는 못한다.

'어쩌다 이렇게 된 거지?'

순조롭게 진행되고 있다고 생각했다.

숲에 도착하자마자 우리의 적이 레드 에이프라는 것을 알아차렸다. 야생에서 식수와 식량을 확보하는 데도 성공. 레드 에이프의 야습을 물리쳤다. 이 정도면 훌륭하지 않은가?

그런데 결국 이렇게 좁은 협곡에 갇힌 신세라니.

'레드 에이프의 조직력이 내 상상을 뛰어넘었어.'

야습을 시도한 21마리를 한 마리도 살려 보내지 않고 죽였다.

그런데 그로부터 하루도 지나지 않았는데, 수백 마리가 일제히 동원되어 이 일대를 통째로 수색했다.

수색망을 빠르게 좁히며 결국 우리의 위치를 알아냈다.

수색망을 강행 돌파하는 데 성공했지만, 결국은 궁지에 몰린 상황.

'완전히 몰이사냥이야.'

그렇듯 레드 에이프의 집단행동은 매우 조직적이고 유기적이었다.

우리에게 죽은 숫자가 40마리가 넘는데 조금도 동요하지 않았다.

상당히 강력한 우두머리가 집단을 강력하게 지배하는 것이 분명했다. 야습과 몰이사냥을 구사할 줄 아는 똑똑한 리더 말이다.

정리해 보자.

첫째, 똑똑하고 강력한 우두머리.

둘째, 그 우두머리가 수족처럼 다루는 271마리의 레드 에이프.

셋째, 놈들의 앞마당이나 다름없는 숲.

넷째, 일행 중 한 명은 분란을 조장하고 한 명은 무능력하다.

'뭐 이딴 시험이 다 있어?'

화가 치밀었다. 그 번데기 천사 자식! 이렇게 고뇌하는 나를 보며 지금도 실실 쪼개고 있을지도 모르지.

"석판 소환."

—성명(Name): 김현호
—클래스(Class): 3
—카르마(Karma): ロ
—시험(Mission): 제한 시간까지 생존하라.
—제한 시간(Time limit): 5일 3시간 45분

나는 석판에 쓰여 있는 글을 멍하니 쳐다보았다. 한참을 그렇게 석판을 보며 시간을 보냈다.

그러다가 문득 생각이 들었다.

제한 시간까지 생존하라.

단지 그뿐이었다. 그러고 보니 어디에도 일주일간 도망치라고 되어 있지는 않았다. 생존하면 된다.

불가능한 시험은 주지 않는다. 첫 시험과 마찬가지로, 이번에

도 할 수 있는 일을 시켰을 것이다. 우리가 가진 능력으로 할 수 있는 일을.

우리가 가진 능력.

내 능력은······.

문득 무언가가 섬광처럼 뇌리를 스쳤다. 난 실프를 다시 소환했다.

"실프! 물어볼 게 있는데."

―냥?

동그란 눈을 말똥히 뜨며 날 바라보는 귀여운 실프.

"네 힘으로 소리가 나지 않게 할 수 있니?"

―냥.

실프는 고개를 끄덕였다.

"냄새도 차단할 수 있고?"

―냥.

이번에도 끄덕끄덕.

"그럼 마지막으로, 레드 에이프 무리를 이끌고 있는 우두머리가 어떤 녀석인지 알고 있니? 생김새가 두드러진다든가, 다른 녀석들에게 명령을 내리고 있는 그런 놈 말이야. 혹시 본 적 있니?"

―냥.

실프는 이번에도 고개를 끄덕였다.

아······.

바로 이거다. 정답은 이렇게 가까이 있는 것이었다.

                    *   *   *

　나는 다음 불침번인 이혜수를 깨웠다.

　"제 차례예요?"

　"일이 생겨서 시간보다 일찍 깨웠어요."

　"일이요?"

　"한 시간이 지나도 제가 돌아오지 않으면 다른 분들을 깨워서 달아나세요."

　"네?"

　"다녀올게요."

　나는 동굴을 나섰다.

　그런데 이혜수가 헐레벌떡 따라 나왔다.

　"어디 가세요!"

　"놈들의 우두머리를 죽일 거예요. 그것만 해내면 시험은 클리어예요."

　"그러다가 돌아오지 못하면 어떡해요?"

　"한 시간이 지나도 제가 오지 않으면 날이 밝기 전에 즉시 도망치세요. 아직은 놈들이 밤에 경계가 느슨해서 기회가 있지만, 제가 실패하면 녀석들도 경계심이 생겨서 밤에도 감시를 철저히 하게 돼요. 그러니까……."

　"그게 아니라요!"

　"……?"

　"전 어떡하라고요……."

　이혜수는 울먹거리고 있었다.

"성추행 당할 때 도와주시고, 싸울 때 구해주시고, 이것저것 챙겨주시고…… 현호 씨는 절 보호해 준 유일한 사람이에요. 현호 씨 없으면 전 어떡하라고요."

그 말에 가슴이 먹먹해졌다.

"가지 마세요. 그냥 같이 있어요. 왜 현호 씨가 그런 위험을 감수해야 하는데요?"

나는 쓸쓸히 웃었다.

"잠깐 같이 얘기나 할래요?"

우리는 함께 바위에 앉았다.

내가 물었다.

"나이가 어떻게 되세요?"

"스물일곱이요."

"회사 다니신 지는 얼마나 되셨어요?"

"올해가 4년차였어요."

"대학 졸업하자마자 취업하신 거예요?"

"네."

"어떤 회사인데요?"

"ST소프트 마케팅부서에서 일했어요."

"우와, 대학 졸업하자마자 대기업에 취직하셨네요. 좋은 대학 나오셨나 봐요."

"학교도 나쁘지 않은데, 아버지가 ST소프트 이사이세요."

"와, 진짜 부럽다. 얼굴도 예쁘신데 집도 잘살고, 완전 승리한 인생이시네요."

"안 그래요. 지금은 이런 처지고……."

"저보단 낫죠."

내가 말했다.

"전 말해도 사람들이 모르는 그런 대학 나와서 지금까지 공무원 시험 친다면서 백수 생활 했거든요."

"……."

"대학 친구들은 졸업하고서 이력서 수백 통씩 넣고, 그렇게 해서 간신히 들어간 직장 연봉은 2천도 안 되고. 그런 걸 보니까 무섭더라고요. 나도 그 고생을 할까 봐. 그래서 공무원이 되겠답시고 29살 먹도록 세월만 낭비하다가 죽었어요."

난 한숨을 쉬며 말했다.

"무엇 하나 잘한다고 칭찬받은 적이 없었어요. 아무 노력도 하지 않고 어중간하게 설렁설렁 살다가 인생이 끝나버렸어요. 그래서 지금 이렇게 필사적으로 노력하는 거예요. 살고 싶어서요. 다시 기회를 얻게 된다면 제대로 살아보려고요. 저 참 한심하죠?"

"그, 그렇지 않아요. 현호 씨는 정말 대단해요. 현호 씨 아니었으면 다들 지금쯤 죽었을 거예요."

"고마워요. 드디어 살면서 칭찬 한 번 받아보네요."

내가 웃자 그녀도 따라 웃었다.

"첫날 박고찬이랑 강천성이랑 싸울 뻔했을 때 기억해요?"

"어떻게 잊겠어요."

"그때 강천성이 한 말 기억나세요?"

"아, 그 눈알을……."

난 웃으며 고개를 끄덕였다.

"네, 그거요. 남녀노소 누구나 할 수 있는데, 누구나 할 수 있느냐 하면 그건 아니라고 그랬잖아요."

"네."

"혜수 씨도 결국은 하셔야 할 거예요. 언제까지나 보호받을 수는 없으니까요."

"……"

"겁나는 거 알아요. 저도 얼마나 무서웠는데요. 지금도 그렇고요. 그래도 조금만 더 힘내서 그 선을 넘으세요. 한번 넘고 나면, 누구보다도 잘하시게 될 거예요. 혜수 씨는 능력 있는 분이잖아요."

나는 자리에서 일어났다. 더는 시간을 지체할 수 없었다.

"가볼게요."

"아……!"

이혜수가 놀라 벌떡 일어나 뭐라고 만류하려 했지만, 난 성큼성큼 걸음을 옮겼다. 그대로 협곡을 나섰다.

협곡에서 나와 숲으로 들어서면서, 나는 전장식 마법소총과 탄알집 혁대로 무장하고 실프를 소환했다.

"이제부터 내가 내는 모든 소리를 차단해 줘."

─냥.

한 번 걸음을 내딛어 보았다.

신기하게도 풀을 밟는 사박거리는 소리가 나지 않았다.

'좋아.'

이 정도면 9마리밖에 안 되는 감시는 충분히 피할 수 있다.

"우두머리가 있는 곳으로 안내해 줘. 되도록 깨어 있는 놈들을 피해 가자."

—냥.

실프는 알았다면서 내 어깨 위에 앉아 앞발로 방향을 가리켰다. 나는 귀여운 길잡이가 가리키는 방향으로 걷기 시작했다.

석판을 소환해 놓고 실프의 남은 소환 시간을 실시간으로 체크했다.

소리를 차단시키니까 시간이 두 배가량 빠르게 소모되고 있었다. 내가 큰 소리를 낼수록 그 소리를 차단하는 데 드는 힘의 소모가 커진다. 나 혼자 움직이는 것도 이 때문이다. 사람이 많을수록 소음도 커지니까.

되도록 살금살금 소리 내지 않으며 걸었을 때, 내게 주어진 시간은 한 시간 정도. 그래서 한 시간이 지나도 내가 돌아오지 않으면 도망치라고 당부해 둔 것이다.

'내가 없으면 다들 무진장 고생하겠네. 안 봐도 훤하지.'

식량 확보는커녕 불 피우는 것부터 쩔쩔맬 것이다. 그때가 되면 박고찬조차도 나를 그리워할 거라고 생각하니 뜬금없이 웃음이 나왔다.

그리고 이혜수…….

"현호 씨는 저를 보호해 준 유일한 사람이에요."

한 여자에게 내가 정의롭고 용감한 남자로 보였다는 것이 기쁘다.

물론 그녀 입장에서는 살기 위해 내 도움이 절실했겠지.

하지만 그렇다고 그녀가 그런 계산으로 나를 이용했다는 생각은 들지 않는다. 그렇게 계산적인 여자였다면 진즉에 내게 꼬리를 치지 않았을까?

그러지 못한 걸 보면, 이혜수는 그저 좋은 집안에서 남부럽지 않게 살아온 착한 여자다.

사실 나는 전혀 꾸미지 않았는데도 예쁜 이혜수에게 한눈에 호감을 느꼈다. 그래서 박고찬이 더욱 괘씸했고. 그녀를 챙겨준 것도 그런 사심이 없지 않다.

내가 없어지면 박고찬이 마음대로 성추행을 할지도 모른다는 생각에 속이 부글부글 끓었다.

'나라고 영웅적 희생을 하려고 나선 줄 알아? 기필코 살아 돌아가고 말겠어.'

이번 일에 성공하면 두 번째 시험 클리어에 가장 큰 공헌을 하게 되어 높은 카르마를 획득할 수 있다. 이혜수에게 나를 더 어필하는 계기도 되고 말이지.

그런 일거양득의 모티베이션이 나를 이끌고 있는 것이다.

물론 가장 중요한 건 내 목숨.

나는 조심스럽게 움직였다.

숲으로 진입하자 얼마 되지 않아 레드 에이프들이 보였다. 여기저기에 무리지어 곯아떨어진 모습이었다.

실프의 인도로 감시에 들키지 않고 놈들 사이를 유유히 누비고 지나갔다.

자고 있는 놈들 바로 옆을 지나가려니까 살이 떨린다. 심장이 쫄깃쫄깃해지는 기분이었다. 발 한 번 잘못 디뎌서 놈들 몸이라도 밟으면 끝장나는 것이다.

그런데 그때 실프가 내 어깨를 툭툭 쳤다.

'무슨 일이야?'

내가 쳐다보자 실프는 왼쪽을 가리켰다. 왼쪽에서 깨어 있는 레드 에이프 한 마리가 어슬렁거리고 있었다.

나는 즉시 몸을 낮추고 조심스럽게 이동했다. 수풀 뒤에 몸을 숨기고 계속 움직였다.

실프는 내 어깨에 앞발로 숫자를 썼다.

50.

레드 에이프 우두머리까지 50미터 남았다는 뜻이었다.

40, 30, 20······.

거리는 점점 좁혀졌다.

15미터에 이르자 나는 납구슬탄을 꺼내 총구에 넣었다. 실프를 시켜서 조용히 목을 그어버리는 게 가장 좋지만, 혹시 모르니 장전해 둔 것이다.

그리고 9미터.

굵직한 나무 뒤에 숨어서 앞의 상황을 엿봤다.

'저놈인가?'

레드 에이프의 우두머리는 덩치가 엄청난 녀석이었다. 키는 강천성과 비슷할 정도고, 근육이 대단했다. 체중이 다른 녀석들의 3배는 족히 나갈 것 같았다.

'돌연변이인가?'

저쯤이면 아예 태어났을 때부터 우두머리로 예정되었을 정도다. 태생부터 우월했으니 집단을 지배하는 통솔력이 강력할 수밖에.

아무튼 이제 죽이는 일만 남았다.

강자로 태어난 놈답게 아주 큰 대(大)자로 퍼지고 잔다. 자는 모습이 참 호방하기도 하지. 영원히 자게 해주마.

다만 걸림돌이 있다면, 그 곁에 깨어 있는 레드 에이프가 2마리나 있다는 점.

우두머리, 감시자 2마리.

셋을 단숨에 죽여야 한다.

"실프, 저 세 마리의 목을 동시에 벨 수 있겠니?"

실프는 고개를 끄덕였다.

"좋아. 베어버려."

―냥.

실프가 바람처럼 쇄도했다.

좌악! 좌악! 콰직―!

세 마리의 목에서 피가 분수처럼 터졌다.

'됐다!'

나는 주먹을 불끈 쥐고 환희했다. 이제 왔던 것처럼 조용히 빠져나가면 그만⋯⋯.

"키르륵!"

"어?"

나는 깜짝 놀랐다.

레드 에이프 우두머리 녀석이 피가 쏟아지는 목에서 가래 끓는 소리를 내며 깨어난 것이다. 죽은 거 아니었어?

우두머리는 한 손으로 피가 쏟아지는 목을 붙잡아 누르며 몸을 일으켰다. 놈의 거구가 비틀비틀 위태롭게 흔들렸다.

"실프, 죽여!"

난 실프에게 명령을 내렸다.

하지만 그때였다.

"키에에엑—!!"

거세게 고함을 지르는 우두머리. 그와 동시에 '푸학!' 하고 목에서 피가 폭발하듯이 터져 나왔다. 그리고 뒤로 쓰러져 숨을 거두었다.

하지만 최후에 내지른 고함은 이미 모든 레드 에이프를 깨운 뒤였다.

"키에엑!"

"끼엑?"

"끼이익!"

여기저기서 들리는 동요한 레드 에이프의 목소리.

'이런 지랄!'

목을 베어서 피가 쏟아지는데도 고함을 내질러서 모두를 깨우다니! 뭐 저딴 놈이 다 있지?

이제 난 잠에서 깨어난 레드 에이프 수백 마리의 한복판에 있게 되었다.

"석판 소환, 스킬 확인!"

—정령술(메인스킬): 현재 바람의 하급 정령 실프를 소환 중입니다.

*초급 1레벨: 2시간 소환 가능. (남은 시간 31분) 소환 시간이 만료되면 1ㅁ시간 뒤에 재소환 가능합니다.

소환 시간이 31분밖에 안 남았다.

'이젠 어쩌지?'

공포로 심장이 쿵쾅거렸다. 위기 속에서 나는 필사적으로 머리를 쥐어짰다. 대책, 대책, 대책!

'그딴 게 어디 있어, 씨발! 일단 튀고 봐야지!'

나는 뛰기 시작했다. 실프의 힘으로 여전히 소리는 내지 않은 채 나는 조용히 달렸다.

아직 놈들이 완전히 잠에서 깨지 못했고, 상황 파악도 안 된 상태. 우두머리가 죽었으니 명령 내릴 놈도 없어 우왕좌왕할 것이다.

그러니 이 틈에 전속력으로 달아나는 게 최선이었다.

"키에엑!"

한 놈이 나와 딱 마주쳤다.

'뭘 봐 씨발.'

나는 장전이 된 마법소총으로 한 방 갈겨주었다.

퍼억!

실프의 능력 덕에 총성을 울리지 않고, 납구슬탄에 맞고 머리가 터지는 둔탁한 소리만 들렸다.

달리면서 또 한 발을 꺼내 장전했다.

"비켜!"

*　　　*　　　*

숲에서 레드 에이프의 울음소리가 요란하게 울려 퍼지자 이혜수는 겁에 질렸다.

'어떡해!'

레드 에이프가 일제히 잠에서 깨어난 모양이었다. 김현호가 발각되지 않았으면 저 소란이 일이날 리 없었다.

……아마도 김현호는 살아 돌아오지 못하리라.

어찌할 바를 몰라 하던 이혜수는 문득 김현호가 당부한 말이 생각났다.

"석판 소환."

석판을 소환해 시간을 확인해 보니 한 시간 가까이가 지난 상태였다. 그녀는 동굴에 들어가 다른 일행을 모두 깨웠다.

"무슨 일이에요?"

"그, 그게……."

준호의 물음에 이혜수는 뭐라고 답해야 할지 몰라서 더듬거렸다.

"혀, 현호 씨가 당장 도망가랬어요."

"네?"

"뭔 소리야, 그게?"

박고찬이 재차 묻자, 이혜수는 울음 섞인 목소리로 말했다.

"현호 씨가 죽은 것 같아요."

경악에 빠진 일행에게 그녀는 간신히 자초지종을 설명했다.

"그 새끼는 지가 뭐라고 혼자 들어갔다가 뒈지고 지랄이야. 에이, 그 새끼 하여간 처음부터 마음에 안 들었다니까."

"그런 말씀 하실 때가 아니잖아요. 일단 어서 피해야 하지 않을까요?"

준호의 말에 박고찬은 손사래를 쳤다.

"저렇게 소란을 떨고 있는데 밖으로 기어나가면 그게 더 위험하지."

"하지만 현호 형은……."

"콱, 씨발. 말대답 한 번만 더 해라?"

자신의 주장이 반박되는 걸 참지 못하는 박고찬이었고, 준호는 찔끔 입을 다물었다.

결정을 내리지 못하고 갈팡질팡하는 일행들. 실질적으로 그들을 이끌던 김현호가 사라지자 벌써부터 문제가 생기고 있었다.

"가지."

조용히 한 마디 꺼낸 것은 침묵만 하던 강천성이었다.

"한 시간이 지나도 오지 않으면 도망치랬다. 그럼 도망쳐야지."

강천성은 김현호의 당부를 따르는 게 좋다고 생각했다. 지금까지 그들을 잘 이끌어온 것은 김현호의 판단력이었으니 말이다.

박고찬은 찍소리 못하고 그 뜻에 따랐다. 그렇게 그들은 협곡을 떠났다.

"어디로 가죠?"

준호가 물었다.

다들 꿀 먹은 벙어리가 되었다.

생각해 보니 언제나 방향을 결정한 것 역시 김현호였다. 어느

쪽으로 가야 살 수 있을까? 앞장선 사람은 그런 선택을 매순간 내려야 한다.

앞장서서 걷는 것과 그 뒤만 따르는 것이 얼마나 차이가 큰지 비로소 깨닫게 된 그들이었다.

"아가씨, 김현호 그 새끼 어느 쪽으로 갔었어?"

박고찬이 묻자 이혜수는 오른쪽을 가리켰다.

"그럼 반대 방향으로 가야지!"

박고찬은 왼쪽으로 걸음을 옮겼다. 나머지 세 사람도 딱히 생각이 없었으므로 그 뒤를 따르는 수밖에 없었다.

맨 뒤에서 따라 걸으면서 이혜수는 불길함을 느꼈다.

가야 할 방향을 박고찬이 정했고, 일행은 그 말을 따르기 시작했다는 것. 김현호에게 억눌려 있던 박고찬의 주도적인 욕구가 다시 표출되기 시작한 것이다.

그를 제어할 수 있는 강천성은 전혀 자기주장을 관철할 의욕이 없었다. 타인에게 상관하고 싶어 하지 않아 보였다.

그리고 이준호는 힘도 마음도 약했다.

'현호 씨, 제발 살아 돌아오세요. 죽지 말아주세요.'

이혜수는 속으로 빌고 또 빌었다.

*   *   *

우두머리의 죽음에 초점이 맞춰져 있어선지, 레드 에이프들은 나를 쫓아오지는 않았다.

덕분에 간신히 살아서 빠져나왔지만, 일행들이 있는 협곡으로는 갈 수 없었다. 나 때문에 일행의 위치가 들켜서는 안 되기 때문이었다.

"실프, 녀석들은 이제 안 쫓아오지?"

—냐앙.

실프는 내 어깨 위에서 꼬리를 슬렁슬렁 흔들며 대답했다. 이제 실프의 소환 시간은 채 5분도 남지 않았다. 그 안에 탈출해서 정말 다행이었다.

"됐다……."

나는 안도의 한숨을 쉬며 하늘을 올려다보았다.

아직 어두운 밤하늘. 그러나 한 줄기의 햇살이 등줄기를 찌르며 아침을 부르고 있었다.

"됐어! 내가 해냈다, 크하하하!"

나는 두 주먹을 불끈 쥐고 환호했다.

스스로 생각해도 믿겨지지 않았다. 수백 마리가 모여 있는 한복판으로 혼자 숨어 들어가 우두머리를 암살하고 탈출했다.

내가 해낸 일이다!

서른을 앞둔 백수 김현호가 말이지!

11장

살인

우두머리를 잃었으니 레드 에이프는 아마도 물러나지 않을까 싶었다.

인간이나 동물이나 무리를 지으면 권력을 다투는데, 우두머리가 죽었으니 새로운 지배자를 우선 뽑을 거라고 생각된다. 하지만 그렇다고는 해도 방심할 수 없었다.

'무리 중에 2인자가 있었다면 혼란을 빨리 수습할 수도 있어. 곧장 새로운 우두머리가 되어서 우리를 추격할 수도 있지.'

서열 다툼이 아니라 얼떨결에 우두머리가 된 2인자는 자신의 힘을 증명하기 위하여 우리를 사냥하려 들 가능성이 높다.

아무튼 이제 일행과 합류할 일만 남았다.

'아참, 그러고 보니 지금쯤 다들 도망쳤겠네?'

한 시간이 지나도 오지 않으면 달아나라고 일러뒀다.

그때는 여자 앞이라서 그런지 다이하드 주인공 같은 영웅적인 심정으로 당부한 허세였지만 말이지. 이제 와서는 후회막급이다. 그냥 기다려 달라고 할걸!

휴식을 마친 나는 자리를 털고 일어나 움직였다.

5분마다 한 번씩 실프를 소환해서 길잡이와 정찰을 맡기는 것도 잊지 않았다.

그렇게 신중하게 움직인 끝에 폭포가 흐르는 협곡에 도착했다.

"실프, 사람들은?"

—냥.

실프는 고개를 저었다.

"그럼 어디로 갔는지 발자국 같은 걸 찾아보자."

내 지시에 빠르게 날아간 실프는 곧장 되돌아와 앙증맞은 앞발로 떡하니 왼쪽 방면을 가리켰다.

"오케이."

이쪽은 실프가 있으니 금방 따라잡을 수 있을 것이다.

다들 내가 죽었을 거라고 생각할지도 모르는데, 다시 날 보면 어떤 반응을 보일지 궁금했다. 내심 우두머리를 암살하는 데 성공한 내 업적을 자랑하고픈 마음도 있었고 말이다.

이걸 계기로 잘 만하면 이혜수와 썸을 탈 수도 있고 말이지. 간밤의 분위기도 괜찮았잖아? 헤헤.

나는 유쾌 상쾌한 기분으로 걸음을 옮겼다.

*　　　　*　　　　*

이혜수의 불길한 예감은 옳았다.

리더가 된 양 앞장선 박고찬은 슬슬 제멋대로인 성질을 대놓고 부리기 시작했다.

"빨리빨리 좀 쫓아오지 못해! 소풍 가는 것도 아니고, 하여간 계집년들은!"

난폭한 욕설에 이혜수는 한 마디 대꾸도 못해보고 열심히 걸음만 옮겼다.

어제 무리한 후유증으로 발에 물집이 잡혔다. 시험에 대비해서 챙겨 신은 러닝화는 숲이나 산처럼 험한 지형에서는 도리어 발이 더 불편했다.

'현호 씨는 트레킹화를 신고 있었지. 이래서였구나.'

철두철미한 남자였다. 꼼꼼하고 세심하기까지 했다.

그는 박고찬처럼 제멋대로 성큼성큼 걷지 않았다. 뒤따르는 그녀의 걸음걸이를 고려하여 속도를 잘 조절해 주었다. 그녀가 지쳤을 때쯤, 쉬었다 가자고 말하기도 했다.

그땐 몰랐다.

이제야 자신을 배려해 주었다는 것을 깨닫게 되었다.

'보고 싶어…….'

눈물이 핑 돌았다.

자신의 안위만 걱정했던 그녀였다. 김현호가 죽으면 자신을 보호해 줄 사람은 없다고, 그것만을 걱정했다.

하지만 시간이 흐르자 김현호라는 남자에 대해 생각하게 되었다.

취업전선에서 도망친 채 서른이 다 되도록 백수로 살았다며, 그런 스스로를 한심하게 여기는 남자였다.

이혜수가 보기에는 그냥 평범한 남자였다. 그 또한 처음부터 강인한 남자가 아니었을 것이다. 폭력에도 익숙하지 않고, 겁이 많은 평범한 사람이었으리라.

매 순간 순간마다 무서웠을 것이다.

그래도 참고 이겨냈던 것이다.

'그런 와중에도 날 배려해 준 거였어.'

정말 좋은 남자였다.

그 사실을 그가 죽은 후에야 비로소 알게 된 것은 참으로 잔인한 일이었다.

"악!"

물집이 터져 이물감과 함께 따끔한 통증이 밀려왔다. 이혜수는 다리에 힘이 풀려 털썩 주저앉고 말았다.

"뭐야?"

박고찬의 짜증 섞인 음성. 이혜수는 그만 울음을 터뜨리고 말았다.

"흐흐흑……!"

"저, 괜찮으세요?"

준호가 다가와 걱정스레 물었다.

이혜수는 러닝화를 벗었다. 준호가 기함을 했다. 양말이 피로 흠뻑 물들어 있었다.

"아, 씨발년. 진짜 가지가지 하네."

순간 이혜수는 울컥했다.

그녀는 그런 욕설을 들어 마땅할 정도로 잘못을 한 적이 없었다. 왜 자신이 저런 인간에게 폭언을 듣는 게 당연한 것처럼 되었는지, 억울하고 분노가 치밀었다.

"겁나는 거 알아요. 저도 얼마나 무서웠는데요. 지금도 그렇고요. 그래도 조금만 더 힘내서 그 선을 넘으세요."

순간 떠오르는 김현호의 한마디.
'너 같은 놈은 내게 그럴 자격 없어! 마치 자기 덕분에 내가 살아 있다는 듯이 말하지 말란 말이야!'
부글부글 끓는 분노가 그녀를 용기로 이끌었다.
"……그냥 가세요."
"뭐?"
"저 놔두고 그냥 가시라고요. 그럼 되잖아요."
"진짜 버리고 갈까? 원숭이 밥 되고 싶냐, 앙?!"
"살고 싶지 않으니까 그냥 가라고!!"
쩌렁쩌렁하게 울려 퍼지는 악에 찬 그녀의 고함. 그 바람에 움찔 놀란 박고찬의 얼굴이 당혹으로 물들었다.
이혜수는 도끼눈을 치켜뜨고 박고찬을 노려봤다.
"현호 씨 같은 좋은 사람도 죽었어! 내가 왜 굳이 이런 꼴을 당하며 살아야 하는지 모르겠어. 그렇게 착하고, 살기 위해서 노력한 사람도 죽었는데 왜 내가!"
"이, 이게 지금 뭐래?"
말을 더듬거리는 박고찬.

더 이상 살고 싶어 하지 않은 이상, 그녀는 박고찬에게 약자일 이유가 없었다.

쌓이고 쌓였던 분노는 계속해서 표출되었다.

"그리고 너! 내가 그 뻔한 속내를 모를 줄 알았어? 그렇게 계속 욕하고 겁박하면서 괴롭히다가, 나중에 좋은 말로 살살 구슬리면 내가 넘어갈 줄 알았나 보지? 차라리 죽으면 죽었지 닌 아냐, 개새끼야!"

"이, 이 씨발년이 근데!"

박고찬이 장검을 소환해 오른손에 무장했다. 그럼에도 한번 폭발한 이혜수는 전혀 겁내지 않았다.

"어, 죽여 봐. 나 강간하고 죽이고 싶지? 대가리에 든 게 그거뿐이잖아! 근데 그거 알아? 같은 시험자한테 그딴 짓 하고도 네가 무사할 것 같아?"

"뭐, 뭐?"

의외의 지적에 박고찬은 당황했다.

"넌 주둥이만 사납지 나만큼이나 보탬이 안 되는 놈이야. 오히려 방해만 했지! 내 생각에 넌 보상은커녕 페널티를 받을 것 같거든? 한번 죽여 봐! 그러고도 네가 무사하나 보자고! 죽여 봐!"

"이, 이 씨발!"

짜악!

"악!"

박고찬이 뺨을 후려치자 그녀는 털썩 넘어졌다.

하지만 얼굴색이 좋지 않은 쪽은 박고찬이었다.

'페널티?'

그녀의 말은 일리가 있었다.

사실 김현호와 강천성 외에는 별반 도움 된 사람이 없었다.

그나마 이준호는 협조성이라도 있었다. 박고찬 자신은 문제만 일으켰다. 그건 스스로가 알았다.

싸울 때도 간신히 살아남았을 뿐, 큰 역할을 못했다. 종합적으로는 이혜수보다도 보탬이 안 된 것인지도 몰랐다. 그녀는 요리와 잡일이라도 했으니 말이다.

깜빡 잊고 있었던 것이다.

천사가 시험을 평가하고 있다는 사실을.

뺨을 맞고 쓰러진 이혜수는 실성한 듯 킥킥거렸다.

"천사도 있는데, 천국과 지옥도 있었으면 좋겠어. 네가 어디로 갈지는 뻔하니까."

'지옥'이란 말이 더욱 박고찬의 심장을 떨리게 했다.

"난 안 가. 여기서 지옥 같은 꼴을 보니, 죽어서 천국에 갈래. 적어도 난 착하게 살았으니까!"

모든 감정을 토해낸 이혜수는 나무에 등을 기댔다.

박고찬도 어찌하지 못하고 어정쩡하게 서 있었고, 이준호 역시 두 사람의 눈치만 보았다.

그런데 그때,

"여기서 쉬지."

입을 연 것은 강천성이었다.

여전히 아무 감흥도 없는 무표정을 띤 채 그가 계속 말했다.

"안 쫓아오는군."

"어, 그러고 보니······."

준호도 그제야 아까부터 레드 에이프가 보이지 않았다는 것을 깨달았다. 숲에서는 레드 에이프 쪽이 그들보다 훨씬 빠른데 말이다.

강천성은 바위 위에 걸터앉았다.

이준호도 눈치를 보다가 제자리에 털썩 주저앉아 쉬었다.

결국 그날은 이곳에서 야영을 하기로 결정되었다.

그런데 문제가 있었다.

"식사는 어떻게 하죠?"

이준호가 제기한 의문에 답할 수 있는 사람은 아무도 없었다.

*　　　*　　　*

이글이글.

나의 토끼 구이가 먹음직스럽게 구워지고 있었다.

소금이라도 있으면 더 좋겠지만, 그래도 이걸 나 혼자 먹으려니까 이런 호사가 없다.

'지금쯤 다들 쫄쫄 굶고 있으려나?

설마. 그래도 과일이라도 찾았거나, 하다못해 시냇물에서 물고기라도 잡아서 먹었겠지. 넷씩이나 있는데 나 없다고 쫄쫄 굶겠나?

본래는 저녁이 되기 전에는 따라잡을 수 있을 줄 알았다.

하지만 우두머리를 암살하고 도주하느라 체력을 많이 허비한 탓에 내 걸음걸이는 많이 느려졌고, 결국은 혼자 야영을 해야 했다.

'이혜수는 괜찮을까?

내가 없으니 아마 일행은 박고찬이 앞장서고 있으리라 생각된다. 준호는 원채 소극적이고, 강천성은 이상할 정도로 폐쇄적인 태도를 유지하고 있으니까.

대장이라도 된 양 앞장서서 걸으면서 이혜수를 구박하는 박고찬의 태도가 쉽게 상상된다.

'내가 죽었다고 생각할 테니 더욱 기가 살았을 텐데.'

간밤에 단둘이 이야기를 나눈 후로 이혜수에 대한 내 감정은 단순한 호감에서 좀 더 발전한 상태였다.

혼자 있어서 외로운 걸까?

홀로 모닥불에 앉아 있으려니 자꾸만 그녀가 생각났다.

지금 내 옆에 그녀가 앉아 있다면 얼마나 좋을까. 단둘이 불을 쬐며 함께 힘을 합쳐 살아남자고 약속하는, 그런 망상이 떠오른다.

'안 되겠다.'

나는 반쯤 먹고 남은 토끼 구이를 챙겨 들고 자리에서 일어섰다.

모닥불을 꺼버리고 다시 걸음을 옮기기 시작했다.

*　　　*　　　*

식사는 고사하고 모닥불도 간신히 피웠다. 시행착오를 겪으면서 몇 시간째 매달린 끝에 간신히 불을 피운 것이다.

지친 일행은 불침번을 정하고 일찍 잠이 들었다.

이준호의 첫 불침번이 끝나고 이혜수가 교대하였다.

"발은 좀 괜찮으세요?"

"네……."

"수고하세요. 무슨 일 있으면 바로 깨우시고요."

이혜수는 고개를 끄덕였다. 이준호가 잠들고서 그녀는 홀로 모닥불을 쳐다보며 시간을 보냈다.

낮의 일이 떠올랐다.

누군가에게 그토록 거칠게 분노를 표출한 적은 난생처음이었다.

그 순간은 속이 후련했지만, 시간이 지나니 마음이 불편했다.

죄책감이 아니었다. 박고찬 같은 인간쓰레기에게 그간 당한 것을 생각하면 그 정도 독설은 독설도 아니었다.

다만 그로 인해 갈등이 생겼다는 것.

그 일로 앙심을 품은 박고찬이 어떤 식으로 보복해 올지 모른다는 불안감이 그녀를 두렵게 했다.

'내가 왜 이런 꼴을 해야 해…….'

스스로의 처지에 눈물이 났다.

교통사고였다.

야근을 하고 퇴근하던 길에 폭주하는 승용차에 들이받혔다. 그리고 정신이 들어보니, 아무것도 없는 새하얀 세계에서 아기천사를 만나게 되었다. 그렇게 시험자가 된 것이다.

첫 시험이 끝나고 현실로 돌아가니 병원이었다. 기적적으로 다친 데 하나 없이 무사하다는 의사의 소견이었다.

차라리 시험을 포기하고 저승길을 택했으면 어땠을까 하는 상상을 오늘 들어 자주 하게 된 그녀였다.

우울한 상상을 하며 시간을 보내던 이혜수는 볼일을 보기 위해 잠깐 자리에서 일어섰다.

혼자만 여자인지라 생리 현상을 해결하려면 일행의 눈치를 많이 볼 수밖에 없는 그녀였다. 그래서 볼일은 참았다가 밤에 해결하는 편이었다.

이혜수는 잠시 모두가 잠든 모닥불을 떠나 숲으로 들어갔다.

그리고…….

박고찬은 눈을 떴다.

'씨발 년이. 드디어 가네.'

히죽히죽 비열한 웃음을 지으며 박고찬은 그녀가 사라진 방향으로 살금살금 움직였다.

*　　　*　　　*

으슥한 곳으로 빠져나온 이혜수는 다시 한 번 조심스럽게 주위를 살폈다. 한밤에 홀로 어둠 속에 있으니 으스스한 기분이 들었기 때문이다.

아무도 없는 것 같았지만 이혜수는 마음을 놓을 수가 없었다.

레드 에이프는 숨어 있다가 덮치기를 좋아한다. 첫 시험 때도 그랬고, 두 번째 시험의 첫날에도 야습을 해왔었다. 이번에도 그러지 말라는 법은 없었다.

그런데 그때였다.

뚝—

나뭇가지가 밟혀 부러지는 소리. 작지만 똑똑히 들렸다.

"누, 누구야!"

덜컥 겁이 난 이혜수는 나무창을 꼬옥 쥐었다. 김현호가 만들어준 조악한 나무창은 과연 그녀의 손에서 충분한 위력을 발휘할 수 있을지 의문이었다.

소리가 난 곳에서는 아무도 나오지 않았다. 하지만 이제는 그곳에 누군가가 있다는 것을 느낄 수 있었다.

나무창으로 그쪽을 겨누고 이혜수가 떨리는 목소리로 소리쳤다.

"나오라고!"

"죽고 싶은 년치고는 바짝 쫄았네."

익숙한 목소리가 울려 퍼졌다.

'박고찬!'

레드 에이프가 아니라는 걸 알았지만 이혜수는 오히려 더욱 두려워졌다.

박고찬이 걸어 나왔다.

오른손에 장검을 들고 있었다.

어둠 속이라 얼굴은 잘 보이지 않았다. 하지만 분명 비열하게 웃고 있을 터였다.

"뭐, 뭐야?"

"뭐긴 씨발 년아. 뒈져서 천국 가고 싶다며? 그래서 천국에 보내주려고."

낄낄거리는 박고찬.

"저리 꺼져!"

"어른한테 존댓말 써라. 그러다가 죽어서 지옥 갈라."

"지옥은 너나 가겠지!"

"안 죽으면 돼."

박고찬이 장검을 들어 올리며 말을 이었다.

"곰곰이 생각해 보니까 어차피 이제 와서 내가 못된 짓 골라 하며 살아온 놈인 건 돌이킬 수가 없더라고. 그래서 생각했지. 아, 그냥 안 죽으면 되겠구나, 하고 말이야."

"……!"

"이 좆같은 시험 전부 다 해치우고 끝까지 살아남으면 된다 이 말이야. 내가 얼마나 개 같은 새끼든 시험만 하면 되잖아. 그래서 날 불러다가 시험자로 만든 것 아니겠어? 앙?!"

"그, 그래서?"

"넌 이 씨발 년아, 눈치껏 고분고분 기었으면 이렇게 험한 꼴은 안 봤을 것 아니야? 김현호 그 자식이 너 계속 지켜줄 줄 알았어? 원래 세상은 말이지, 그렇게 잰 척하는 새끼가 제일 빨리 죽어!"

박고찬이 불시에 달려들었다.

"꺄악!"

이혜수는 비명을 지르며 나무창을 찔렀다.

스컥!

휘둘러진 장검에 나무창이 형편없이 잘려 나갔다. 그리고 박고찬의 주먹이 이혜수를 후려쳤다.

"아악!"

이혜수는 맥없이 쓰러졌다.

체력보정 초급 3레벨인 박고찬의 주먹은 그녀가 감당할 수준이 아니었다.

쓰러진 그녀의 위로 박고찬이 깔고 앉았다. 필사적으로 버둥거리는 그녀의 양손을 붙잡으며 박고찬이 소리쳤다.

"기분 엿 같겠지만 말이야, 끝까지 살아남는 놈은 나 같은 새끼다 이거야! 알겠냐? 이 씨발 년아!"

퍼억! 퍽!

"아악!"

사정없는 주먹질에 이혜수의 얼굴이 퉁퉁 부어올랐다.

박고찬은 그녀의 셔츠를 벗기기 시작했다. 비명을 지르며 버둥거리는 이혜수였지만, 거친 손길이 셔츠를 우악스럽게 찢어버렸다.

그런데 바로 그때였다.

"멈춰―!"

박고찬의 손길이 움찔 멎었다.

'뭐야?'

익숙한 목소리. 다시는 들을 일이 없다고 생각했던 목소리였다.

*   *   *

일행의 발자국을 쫓으며 걸은 지 두어 시간이 지났을 때였다.

정찰을 하고 돌아온 실프가 일행이 900미터 거리에 있음을 알려주었다.

"다들 별일은 없었나 보네. 혜수 씨는 괜찮아 보였고?"

그런데 내 물음에 실프가 고개를 젓는 것이었다.

"뭐? 무슨 일인데?"

그렇게 물었지만 실프가 말을 못하니 대답할 수 있을 리 없었다.

"어디 다쳤어?"

도리도리.

"그럼 습격이라도 당한 거야?"

그제야 실프는 고개를 끄덕였다. 그때부터 나는 미친 듯이 달렸다.

"레드 에이프야?"

나는 달리면서 물었다. 고개를 젓는 실프. 그렇다면…….

학교 운동장도 아니고 숲 속에서 달리려니까 힘들어서 숨이 넘어갈 것 같았다. 이를 악물고 계속 달렸다.

"시, 실프, 허억! 지금 박고찬이, 헉! 혜수 씨를 공격했어?"

헐떡거리며 간신히 물으니 실프가 고개를 끄덕였다.

"허억, 헉, 몇 미터 남았지?"

실프는 숫자 642를 그렸다. 제기랄! 이대로는 너무 늦을지도 모른다.

……가만?

그런데 실프가 내게서 떨어질 수 있는 거리 제한이 900미터였지? 그럼 900미터 안에서는 힘을 발휘할 수 있다는 뜻인데?

난 잠시 달리는 것을 멈추고 숨을 고르며 실프에게 물었다.

"여기서 박고찬을 공격할 수 있니?"

—냐앙.

실프는 고개를 저었다.

하긴.

정령은 소환자에게서 멀어질수록 힘이 약해진다고 했다. 공격을 한다고 해도 박고찬에게 어떤 타격을 입힐 정도는 아닌 모양이었다.

그렇다면 무언가 다른 방법은 없나?

잠시 맹렬히 머리를 굴리다가 나는 아이디어가 하나 떠올랐다.

"실프, 그럼 내 목소리를 거기까지 전달할 수 있니?"

—냥!

끄덕거리는 실프.

'되는구나!'

나는 혹시나 싶어서 다시 물었다.

"그럼 저쪽의 말을 나한테 전달해 줄 수도 있고?"

—냥.

이번에도 고개를 끄덕인다.

'이럴 수가!'

실프의 유용성에 나는 또다시 놀라고 말았다. 바람의 정령은 아주 훌륭한 원거리 통신수단이었던 것이다!

"실프, 그럼 박고찬과 혜수 씨한테 내 말을 전달해 줄래?"

—냥.

이윽고 나는 큰 소리로 '멈춰!'라고 고함을 쳤다.

실프가 내 말을 전달하고 다시 돌아오자 나는 계속해서 소리 쳤다.

"허튼짓하면 쏜다! 지금 네 머리를 겨누고 있어!"

그렇게 소리치고는 박고찬의 대답을 내게 전달해 달라고 실 프에게 부탁했다.

물론 뻥이다.

내 전장식 마법소총의 유효사거리는 고작 60미터니까. 하지 만 내 허풍은 확실히 효과가 있었다.

"어디야?!"

실프가 박고찬의 목소리를 전달해 주었다. 당황한 박고찬의 음성이 바로 옆에서 들은 것처럼 생생했다. 정말 신기하군.

"방아쇠 당기면 댁 머리를 맞출 수 있는 곳!"

"나, 나와!"

"싫은데?"

"날 쏘겠다고? 쏠 수 있겠냐?"

"응, 쏠 수 있어."

"크흐흐, 지랄하네. 사람 죽여 봤냐? 네가 날 쏘겠다고?"

"사람 비슷한 건 실컷 죽여 봤지. 쏘면 머리 터지는 건 레드 에이프나 당신이나 마찬가지일 것 같은데."

"……."

협박이 먹혔는지 박고찬은 두려움에 잠시 대꾸를 못했다.

내가 아직 500미터 이상 떨어져 있다는 사실을 그가 알 리 없 었다.

"실프, 녀석이 무기를 들고 있니?"

―냥.

"오케이."

나는 박고찬에게 다시 소리쳤다.

"무기를 혜수 씨에게 넘겨. 허튼짓하면 그어버리라고 실프에게 말해뒀어."

"어이, 이러지 말고 우리 협상하는 건 어때?"

"……?"

"너도 이년한테 관심 많았잖아. 다 안다고. 그럼 대체 뭘 망설이는 거야? 그렇게 호구처럼 도움만 주면 이년이 고맙다고 한번 대줄 것 같아? 새끼야, 이용당하지 말고 좋은 쪽을 택하란 말이야. 어때?"

어처구니가 없었다. 더러워서 말도 섞기 싫었다. 생각 같아선 그냥 쏴버리고 싶은데 그럴 수 없으니 계속 대화를 나눠야 했다.

"흥미로운 제안이네."

"크하하, 그렇지?"

"무기를 혜수 씨에게 넘기고 물러나."

"이런 병신 새끼가!"

"병신은 당신이고. 생사가 걸린 이 판국에 이딴 짓을 하냐?"

"……."

나는 실프에게 물었다.

"혜수 씨만 들을 수 있게 귓속말을 할 수 있을까?"

―냥.

실프는 고개를 끄덕였다. 와아, 정말 편리하군.

나는 이혜수에게 말을 전달했다.

"혜수 씨, 그놈한테서 떨어지세요. 어서 이쪽으로 와요. 실프가 방향을 가리켜 줄 거예요."

잠시 후 실프는 그녀가 이쪽으로 오고 있음을 알려주었다. 좋았어. 박고찬에게서 떨어뜨리는 데 성공했다.

"자, 이제 됐냐?"

박고찬이 물었다.

"되긴 뭐가 돼? 이대로 아무 일 없었다는 듯이 넘어갈 줄 알았어?"

"그럼 어쩔 건데 새끼야?"

"어쩔 것 같은데?"

"지, 지금 날 죽이려고? 같은 시험자인데? 페널티가 두렵지도 않아?"

'페널티?'

그런 생각은 해본 적 없었다.

'그러고 보니 첫 시험 끝나고 카르마를 받았을 때 +500이라고 표기되어 있었지. 그럼 마이너스(−)도 있다는 뜻인가?'

충분히 가능성 있는 이야기였다. 나는 박고찬을 대체 어떻게 처리해야 할지 망설여졌다.

이제 거리가 200미터로 줄어들었을 때였다. 멀리서 헐레벌떡 달려오는 이혜수가 보였다. 어두워서 얼굴이 잘 보이지 않지만 공포에 떨고 있다는 것은 알 수 있었다.

"이쪽이에요."

"현호 씨!"

달려온 이혜수는 그대로 내 품에 안겼다. 그리고 펑펑 울음을 터뜨렸다.

그녀는 장검을 들고 있었는데, 박고찬이 내 요구대로 그녀에게 무기를 넘긴 모양이었다. 생각해 보니 어차피 무장해제하면 사라질 텐데, 내가 생각을 잘못했군.

나는 깜짝 놀랐지만, 이내 한 손으로 등을 토닥여 주었다.

"이제 괜찮아요."

"으흐흐흑!"

품에 안겨 울고 있는 이혜수를 진정시키며, 나는 박고찬에게 말했다.

"이곳을 떠나!"

"뭐라고?"

"이곳을 떠나라고. 이제부터 당신은 우리랑 별도로 행동하는 거야."

"혼자 행동하라고? 나더러 죽으라는 뜻이잖아!"

"그럼 내가 댁을 위해 불 피워주고 밥 챙겨주고 할까? 아무 일도 없었다는 듯이? 그렇게는 못해. 그러니까 꺼져 버려. 죽든 말든 당신이 알아서 하라고."

"어이, 그러지 말고 우리 화해하자고. 내가 잘못했다. 내가 제정신이 아니었던 거야. 알잖아? 패닉에 빠지면 정신 나간 행동하는 거."

"댁은 일평생 패닉에 빠져 살았나 봐?"

"야, 이 개새끼야! 그럼 날더러 어쩌라고? 혼자 떨어져 나가면 죽으라는 것밖에 안 되잖아! 네가 그러고도 무사할 것 같아!

이번 시험 끝나고 다음 시험에는 또 얼굴 안 볼 것 같아?"

박고찬은 뻔뻔하게 악다구니를 썼다.

거리가 점점 좁혀져 100미터 이내로 접어들었다. 이제 조금만 더 걸으면 유효사거리 이내였다.

"인마, 내가 잘못했다고 하잖아. 나 새사람 될 테니까 다시 한번 잘해보자고. 너희나 나나 똑같이 이미 한 번 죽었던 사람들이잖아. 우리끼리 다시 죽이네 사네 하지 말자고."

"……."

어찌해야 하지?

놈은 내가 살인까지는 못할 거라고 확신하는 모양이었다. 그러니까 강간까지 하려 했던 놈이 뻔뻔스럽게도 일행에 붙어 있겠다고 주장하는 것이다.

말도 안 된다.

놈을 쫓아내야 한다. 하지만 놈이 저렇게 버티고 있으니 죽이는 것밖에 방법이 없었다.

정말 죽여야 하나?

그런데 그때였다.

꼬옥.

이혜수가 내 손을 붙잡았다.

"해주세요."

"……무엇을요?"

"죽여주세요."

심장이 철렁 내려앉는 한마디.

내 손을 잡은 그녀의 두 손이 부들부들 떨리고 있었다.

"괴로워서 죽고 싶어요. 다시는 저 인간 얼굴을 볼 수가 없어요. 너무 무서워요. 차라리 제가 죽고 싶어요. 제발 부탁해요. 저를 구해주세요."

"……"

"제발……."

나는 이를 악물었다.

이제 박고찬이 내 눈에 보였다. 어림잡아 4, 50미터.

마법소총을 꺼냈다. 납구슬탄을 장전했다. 개머리판을 어깨에 견착하고, 조준선은 박고찬의 머리를 향해 일치시킨다.

다행히 어둠 속이라 박고찬의 얼굴은 보이지 않는다. 무슨 표정을 짓고 있는지 보였더라면 방아쇠를 당기지 못했으리라.

이혜수는 내 옷자락을 꽉 쥐고 있었다. 그것이 자신을 구해줄 유일한 동아줄이라도 되는 것처럼.

그래.

그렇게 생각하자.

박고찬을 죽이는 대신 이혜수를 살리는 거다. 둘 중 하나를 살려야 한다면 이혜수니까.

투웅—

"컥!"

그거면 된 거다.

12장

평가

"형!"

준호가 나를 보더니 매우 반가운 표정을 지었다. 강천성도 깨어 있었다. 아마도 총성 때문에 자다가 깬 모양이었다.

내 뒤를 따라온 이혜수를 보자 준호의 얼굴이 딱딱하게 굳었다.

나도 비로소 이혜수가 어떤 얼굴을 하고 있는지 모닥불의 불빛으로 볼 수 있었다.

'이런 제기랄.'

안타까울 정도로 퉁퉁 부어 있는 얼굴. 박고찬에게 가차 없이 두들겨 맞은 것이었다. 그 개자식 같으니!

치미는 분노를 꾹 참으며, 내가 말했다.

"오는 길에 레드 에이프의 습격이 있었어. 다행히 처치하긴 했는데, 박고찬은 안타깝게도 목숨을 잃었어."

"……."

싸늘한 침묵이 찾아왔다.

형편없이 얻어맞은 이혜수, 총성, 박고찬의 죽음. 그것이 의미하는 바를 준호도 강천성도 모르지 않았다.

"그보다 좀 쉬자. 식사는 했고?"

"아, 아뇨. 아, 아직 못했어요."

준호는 어색하게 말을 더듬으며 대답했다. 나는 반쯤 먹다가 조각내서 주머니에 넣어둔 토끼 구이를 꺼냈다.

"일단 이거 먹어. 내일 제대로 사냥해서 식사하자."

"우와, 감사합니다."

"혜수 씨도 이리 앉아서 드세요."

"네……."

이혜수는 내 곁에 앉아서 토끼 구이 한 조각을 받아 들었다.

"받아요."

난 강천성에게도 한 조각을 던졌다. 그것을 건네받은 강천성이 나에게 물었다.

"갔던 일은 어떻게 됐지?"

"우두머리를 죽이는 데 성공했어요. 그 후로 오늘 하루 동안 쫓아오는 놈들이 없는 걸 보니, 이제 레드 에이프는 걱정할 필요가 없을 거예요."

고개를 끄덕인 강천성은 묵묵히 토끼 구이를 먹기 시작했다.

"우와, 형 진짜 대단해요!"

"내가 뭐 대단하냐. 실프 덕분이지."

"그래도요. 어떻게 혼자 쳐들어가서 두목을 죽이고 나올 생각을 해요? 진짜 대단해요. 시험 끝나면 형 카르마 진짜 많이 받겠네요."

"그래, 고맙다. 아무튼 내일 날 밝으면 안전한 곳을 찾아서 남은 시간 동안 마음 편히 지내자."

"네."

식사를 마치고 우리는 다시 잠을 자게 되었다.

"제가 불침번 설게요. 잠이 안 와서요. 다들 주무세요."

"형이 제일 피곤하실 텐데."

"괜찮아. 잠이 안 와서 그래."

"그럼 먼저 잘게요. 졸리시면 언제든 깨워주세요."

"오냐."

모두들 잠을 청하고, 나는 홀로 조용히 생각에 잠겼다.

'죽었겠지.'

죽은 것은 확실하다. 목에서 피를 뿜으며 고꾸라지는 모습을 봤으니까.

그럼에도 불구하고, 나는 박고찬이 아직도 살아서 피를 꾸역꾸역 흘리며 괴로워하고 있을지도 모른다는 생각에 시달렸다.

용기가 나지 않아서 박고찬의 시체를 확인하지 못했다. 이혜수를 데리고 빙 돌아와 이곳에 돌아왔을 뿐이다.

……내가 사람을 죽인 것이다.

내가 죽인 사람의 시체는 아직 저곳에 있을 것이다. 앞으로 영원히 저렇게 방치될 테지. 그러다가 레드 에이프나 다른 산짐승이 먹을지도 모른다.

그렇게 박고찬이라는 한 사람의 생애는 끝나버렸다. 이 손에 의하여.

나는 내 오른손을 바라보았다.

손이 떨리고 있었다.

방아쇠를 당겼던 검지의 감촉이 아직도 사라지지 않았다.

어쩌면 앞으로 영원히 그 감촉이 기억에서 사라지지 않을지도 모른다는 생각에 괴로워졌다.

난 잘못하지 않았는데.

죽어 마땅한 놈이었는데. 살려뒀으면 나중에 내가 방심한 틈에 보복을 할지도 모르는 인간이었다. 공사 구분이 뚜렷한 인간이었으면 죽느냐 사느냐가 달린 시험에서 동료를 강간하려 들지도 않았겠지.

그놈은 평생 그랬듯 자기 멋대로 생각 없이 사는 인간이다. 앞으로의 시험을 위해서라도 그를 살려두어서는 안 되는 거였다.

'그래, 난 잘못이 없어.'

머리로는 그렇게 생각해도, 가슴은 그렇지 않았다.

내 위협에 두려워하는 박고찬의 떨리는 목소리가 생각났다.

그랬다.

그런 인간쓰레기라도, 죽고 싶어 하지는 않았다. 살고 싶어 했다. 그런 사람을 나는 가차 없이 숨통을 끊은 것이다. 이 검지로 방아쇠를 당겨서……

꽉 주먹을 쥐었다.

떨림이 잦아들지 않는다.

"괜찮아요?"

이혜수의 목소리에 나는 퍼뜩 잡념에서 깨어났다. 그녀가 걱정스런 눈으로 나를 바라보고 있었다.

"네, 괜찮아요."

그녀는 자리에서 일어나 나에게 가까이 다가왔다.

두 손으로 내 오른손을 잡았다.

따스한 온기.

모닥불의 불빛으로 붓기가 가라앉지 않은 그녀의 얼굴이 비쳐졌다. 가슴이 아팠다. 여자를 이렇게 무자비하게 때리다니. 그놈은 사람 새끼가 아니다. 죽이길 잘했어. 난 이 여자를 살려준 거야.

"정말 고마워요."

"뭘요."

"그리고 죄송해요. 저 때문에……."

"아니에요. 저도 죽여야 한다고 생각했어요. 차마 용기가 나지 않아서 그러지 못했을 뿐이죠. 혜수 씨 덕분에 용기를 낸 거예요."

그녀의 손을 잡고 있으니 이상하게 떨림이 멎어들었다.

우리는 한참을 그렇게 가만히 있었다. 손을 잡은 채로. 손을 통해 서로의 온기를 주고받는 그 조용한 시간이 이상할 정도로 기분 좋았다. 얼어붙었던 눈이 녹는 것처럼, 가슴이 따스해진다.

"우리, 가볼래요?"

"어디를요?"

"그 사람한테요."

그 말에 나는 깜짝 놀랐다.

"시체…… 를 봐서 좋을 것 없잖아요."

"아니에요. 제 생각에는 그 시체를 보지 못하고 이대로 넘어
가는 게 더 안 좋을 것 같아요."

그녀는 떨리는 목소리로 말을 이었다.

"그 사람은 정말 죽은 걸까, 시체는 어떻게 된 걸까, 혹시 살
아서 우리를 노리는 게 아닐까…… 그런 생각이 사라지지 않아
요. 현호 씨도 그렇죠?"

"……네."

"그러니까 같이 가 봐요. 죽은 것을 확인하고 제대로 매장도
해줘요. 혼자서는 무서운데, 현호 씨랑 같이 가면 괜찮을 것 같
아요."

그녀의 말이 옳았다.

이대로라면 평생 박고찬을 잊을 수 없을지도 모른다. 확실하
게 매듭을 짓고 넘어가야 좋을 듯싶었다.

"네, 가요. 근데 뭐로 땅을 파야 할까요?"

"글쎄요. 이, 이걸로는 안 될까요?"

그녀는 장검을 보여주었다. 박고찬의 장검이었다.

"주인이 죽었는데도 사라지지 않는 모양이네요."

"그러게요."

"한번 무장해제라고 말씀해 보실래요?"

"무장해제?"

그러자,

팟!

하고 장검이 사라져 버렸다.

그녀도 나도 깜짝 놀랐다.

"사, 사라졌네요?"

"이번에는 '무장' 이라고 말해보세요."

"무장."

그러자 장검은 그녀의 오른손에 나타났다. 이혜수는 휘둥그레진 눈으로 말했다.

"이게 왜 제 말을 따르는 걸까요?"

"저도 잘 모르겠어요. 대체……."

순간, 나는 어찌 된 영문인지 알아차렸다.

"무기를 혜수 씨에게 넘기고 물러나."

바로 그거다! 그때 박고찬이 이혜수에게 장검을 건넸고, 그게 소유권 이전으로 적용된 것이다.

나는 이것을 이혜수에게도 설명해 주었다.

"그럼 이건 이제 제 것이에요?"

"예, 무기가 아무것도 없으셨는데 잘됐네요."

"제가 이걸 쓸 수나 있을지 모르겠어요. 너무 무거워서요. 그냥 현호 씨나 준호 씨가 쓰는 편이……."

"그래도 일단 갖고 계세요. 지금은 무거워서 다루기 힘들어도, 나중에 체력보정을 익히면 사용할 수 있으니까요."

우리는 박고찬이 죽은 곳으로 갔다.

죽은 그의 모습을 볼 수 있었다.

피가 흠뻑 물든 땅 위에 힘없이 쓰러진 모습. 놀란 얼굴 표정과 목에 뚫려 있는 붉은 구멍.

시체를 볼 자신이 없었는데, 막상 보고 나니 생각처럼 무섭지는 않았다.

'혜수 씨 제안대로 오길 잘했어.'

보지 않고 피했으면, 더 무서운 기억으로 평생 남았을지도 모른다.

"시작하죠. 제가 먼저 할게요."

"네."

나는 그녀에게 장검을 건네받아 땅을 파기 시작했다. 푹푹 땅에 박아 넣고 흙을 퍼내는 작업을 계속했다.

이혜수와 교대로 번갈아가며 일하니, 조금씩 해가 떠오르려는 이른 아침이 되어서 큰 구덩이가 파여졌다. 그 안에 박고찬을 밀어 넣고 매장을 했다.

실프를 시켜서 굵직한 나뭇가지를 깎아 목패를 만들었다. 음각으로 '박고찬'이라고 새겨서 무덤 위에 꽂았다.

"어쩔 수 없었습니다. 다음 생은 착하게 사세요."

난 그렇게 말하며 간단히 고개를 숙여 보였다. 좀 건방졌을까? 하지만 달리 할 말이 없었다. 자업자득 아닌가.

이혜수도 가만히 눈을 감고 묵념을 하고 있었다. 나는 그녀의 묵념이 끝날 때까지 잠자코 기다렸다.

"이제 됐어요."

눈을 뜬 그녀가 빙긋 웃었다. 퍼렇게 부어 있는 얼굴인데도,

그녀의 미소가 매력적이라는 생각이 들었다.

우리는 함께 모닥불로 돌아갔다. 옆에 붙어 앉아 여러 가지 이야기를 나눴다.

서로 살아온 이야기를 들려주었는데, 역시나 그녀는 부유하고 화목한 가정에서 평탄하게 자란 모범생 아가씨였다.

그래서 그런지 그녀는 우리 가족 이야기를 무척 재미있어 했다. 시집 못 간 독설가 누나와 놀기 좋아하는 말썽쟁이 여동생, 애교와 아들에 대한 집착이 지대한 엄마까지. 이야깃거리가 계속 나왔다.

그렇게 시간 가는 줄 모르고 대화를 나누다가 그녀가 말했다.

"저기, 실은 고백할 게 있어요."

"뭔데요? 말씀해 보세요."

"그게, 제가 거짓말을 한 게 있어요."

그 말에 나는 미소를 지었다.

"체력보정 초급 1레벨이라고 했던 것 말이죠?"

"어, 어떻게 알았어요?"

놀란 그녀에게 내가 답했다.

"저보다도 체력이 약하신데 당연히 알 수밖에 없죠."

"죄, 죄송해요. 혼자만 아무 힘도 없다고 하면 쓸모없는 짐이라고 여길까 봐…… 이미 그렇게 됐지만요. 모두에게 폐만 끼치고요."

"그렇게 생각하실 것 없어요. 제가 도와드린 것도 미래를 위한 투자라고 생각하시면 되요."

"투자요?"

"네, 지금은 약해도 카르마 보상을 받아서 스킬을 익혀나가면 제 몫을 하실 수 있게 될 거예요. 음, 그러니까 지금은 수습사원이라고 생각하세요."

"고마워요."

"그런데 첫 시험에서 몇 카르마를 받으신 거예요? 스킬은커녕 무기도 없이 오셨으니까 좀 이상하더라고요."

"실은……."

우물쭈물하다가 이혜수가 말했다.

"—50이요."

"……네?"

"—50이요."

"마이너스라면……."

"전 첫 시험을 성공하지 못했어요."

경악한 나에게 이혜수는 자초지종을 설명했다.

간단히 설명해서, 그녀는 레드 에이프를 처치하지 못했지만 살해당하지도 않았다. 저항하고 달아나고 몸부림치다가 간신히 30분이 초과된 후에 생긴 시험의 문을 열고 달아났다고 한다.

"시험에 실패한다고 해서 죽는 것은 아니었군요."

"네, 하지만 이 마이너스가 어떻게 작용할지 몰라서 내내 두려웠어요."

"염려 마세요. 이번 시험에서 마이너스를 메꿀 수 있을 거예요."

"전 이번에도 한 게 없는걸요. 이대로 계속 강해지지 못하고 짐이 되면 어쩌죠?"

나는 불안해하는 그녀의 어깨를 토닥였다.

"너무 염려 마세요. 제가 보기에 시험은 싸움이 전부가 아니에요. 다른 부분에서 혜수 씨가 맡을 수 있는 역할이 분명히 있어요. 그 부분을 찾아내서 어떻게든 스킬을 익힐 만큼의 카르마를 확보하면 돼요. 그때까지는 제가 지켜드릴게요."

"현호 씨……."

그녀는 감격한 듯 나를 바라보았다.

"저 어떡해요. 내내 현호 씨한테 도움만 받고……."

"그럼 한 가지 부탁이 있는데 들어주실래요?"

"네, 뭐든지요."

'뭐든지'라는 말에 순간적으로 야한 생각이 스쳤다. 나란 놈은!

나는 헛기침을 하며 말했다.

"오빠라고 불러주세요. 계속 현호 씨, 현호 씨 하시니까 좀 오글거리네요."

이혜수는 나직이 웃음을 터뜨렸다.

"알았어요. 대신 현호 씨, 아니, 현호 오빠도 말씀을 편히 해주세요."

"그래요. 아니, 그러자."

우리는 서로를 보며 쑥스럽게 웃었다.

*　　　*　　　*

남은 제한 시간은 평탄하게 흘렀다. 우리는 목숨을 위협받는 위기 없이 순탄하게 시간을 보냈다.

가장 큰 위기라고 해봐야 비가 온 정도였다. 비에 흠뻑 젖은 채 전에 있었던 협곡의 동굴로 피신을 가야 했으니까. 다행히 그 인근에 수백 마리씩 진을 치고 있었던 레드 에이프는 모두 떠나고 없었다.

박고찬이 없어지니 그야말로 평화였다.

혜수는 준호와도 누나 동생 하는 사이가 되어서 우리 셋은 허물없이 친해졌다. 폐쇄적인 강천성은 여전했지만 말이다.

아무튼 그날 이후로 혜수는 변했다. 뭐든지 열심히 했다.

내가 토끼를 잡아오자 그녀가 나에게 배워가며 손질할 정도였다. 발목을 자르고 가죽을 뒤집어 벗기는 일을 혜수는 눈 딱 감고 해냈다.

뿐만 아니라 요리도 도맡아 하고 땔감을 찾아 돌아다니다가 산딸기를 발견해서 잔뜩 따오기도 했다.

탈 없이 무료한 시간이 계속되자 강천성은 무술 수련을 하기 시작했다. 준호는 운동을 시작했고, 혜수는 계속 과일 같은 먹을 것을 찾아 숲을 돌아다녔다.

나는 이번 시험에서 터득한 실프 이용법을 정리하는 시간을 가졌다.

첫째, 원거리 대화.

실프로 하여금 말을 전달하게 하여 900미터 이내에서는 대화가 가능해졌다. 한 사람에게만 들리게 할 수도 있었다.

둘째, 소리차단.

소리를 차단하여서 은밀하게 움직이는 기술이었다. 이걸로

밤에 레드 에이프 무리 속에 침투해 우두머리를 암살할 수 있었다.

셋째, 냄새차단.

공기 중에 전달되는 내 체취를 없애는 방법이었다. 소리차단과 냄새차단을 함께 써서 산토끼를 맨손으로 잡는 데 성공했을 정도로 효과가 좋았다.

넷째, 산소집중.

산소를 집중시켜서 불을 쉽게 지피는 방법인데, 이걸 응용하면 폭발력을 극대화하는 방식으로 전투에 써먹을 수 있지 않을까 싶었다. 산소를 집중시킨 후에 횃불을 던진다든가 하는 방법으로 말이다.

다섯째, 바람의 칼날.

가까이 접근한 다수의 적을 처치할 수 있는 거의 유일한 공격 수단이었다. 이걸로 위기를 여러 차례 넘겼다. 높은 살상력만큼 힘의 소모도 크기 때문에 필요할 때만 써먹어야 한다.

'정말 실프 덕분에 내가 사는구나.'

실프의 엄청난 활용도!

난 메인스킬로 정령술을 택한 것을 행운으로 여겨야 했다.

오러 컨트롤은 강천성처럼 무술에 능한 사람에게나 효과가 있지, 나 같은 일반인에게는 당장 큰 힘이 못 됐을 터였다.

그렇게 남은 제한 시간을 모두 보내고 나니, 동굴 앞에 시험의 문이 나타났다.

"와, 드디어 끝났다."

준호가 감격한 얼굴이었다.

"가면 목욕부터 할래."

이건 혜수의 말.

하긴, 이곳에 있는 동안 제대로 씻지도 못했지. 속옷과 양말도 갈아입지 못했으니 여간 찜찜한 게 아닐 것이다.

"가자."

내가 먼저 앞장서서 시험의 문을 열고 들어갔다.

$$*\qquad*\qquad*$$

뿌우— 뿌우— 뿌우우—

"와우, 축하해요!"

또 시작이군.

이 번데기 자식이 나팔을 불어대며 이리저리 정신 사납게 날아다녔다.

나뿐만이 아니라 다들 장난스럽게 호들갑을 떠는 아기 천사를 곱지 않은 시선으로 노려보았다. 개고생을 하고 돌아와 저 주접을 보면 자연히 화가 치미는 것이었다.

"다들 저를 사랑스러운 눈빛으로 보시네요. 그렇게 제가 보고 싶었어요?"

아기 천사는 분노에 휘발유를 끼얹는 재주가 있었다.

"이 자식아, 그만하고 얼른 평가나 해."

내 말에 아기 천사는 어깨를 으쓱했다.

"이미 평가는 끝났는데요? 석판을 확인하세요."

"석판 소환."

─성명(Name): 김현호
─클래스(Class): 5
─카르마(Karma): +900
─시험(Mission): 제한 시간까지 생존하라 (달성)
─제한 시간(Time limit): ──

5클래스, 900카르마.

이게 좋은 성적인가? 다른 사람들은 얼마나 받았을까?

"좋은 성적이고말고요."

아기 천사가 불쑥 눈앞에 얼굴을 들이댔다. 그 바람에 화들짝
놀라 뒷걸음질을 친 나는 이를 갈았다.

"내 생각을 멋대로 읽고 불쑥불쑥 끼어들지 말래?"

그러나 아기 천사는 내 말을 깨끗이 씹고 말을 돌렸다.

"시험자 김현호는 또다시 기록을 세우셨네요. 두 번째 시험
에서 역대 시험자 가운데 최고의 성적을 올리셨어요."

"역대 최고 성적? 내가?"

"네, 두 번째 시험에서 900카르마나 획득한 시험자는 여태껏
없었어요."

"900?!"

"우, 우와!"

다들 놀라서 나를 쳐다보았다. 아기 천사는 박수치는 시늉을
하며 말을 이었다.

"나머지 세 분의 성적을 합친 것만큼의 카르마를 획득해 버

리셨네요. 역시 제 눈은 틀리지 않았어요. 제가 말씀드렸었죠? 시험자 김현호는 충분히 그럴 수 있는 사람이라고요."

"……."

"이번 시험에서 당신의 활약을 보세요. 야밤에 혼자 침투해서 레드 에이프 로드를 암살하고, 장기적으로 팀의 방해가 될 불순인자를 일찌감치 제거하셨잖아요."

불순인자.

그게 박고찬을 일컫는 단어였다.

"매 순간순간의 판단과 실행이 아주 과감하고 냉정했어요. 어떤 평범한 사람이 시험자 김현호처럼 할 수 있을까요? 이제 자신이 평범한 사람이 아니라는 것을, 아주 특별한 인간이라는 것을 자각하셨나요?"

"……."

나는 대꾸할 수가 없었다.

머릿속이 복잡해졌다.

확실히 나는 박고찬을 죽여야 한다고 확신하고 있었다. 이혜수를 강간하려 한 일이 좋은 계기가 되었을 뿐이었다. 살인이라는 문턱을 넘을 수 있는 확실한 계기…….

어쩌면 아기 천사의 말대로 난 평범한 사람이 아닌지도 몰랐다. 나 스스로는 평범하고 나약하고 약간은 한심한 그런 사람이라고 생각해 왔지만 말이다.

"자자, 그럼 다른 분들도 한번 평가해 볼까요? 시험자 강천성, 시험자 이준호, 시험자 이혜수가 각각 400, 300, 200카르마를 획득하셨네요."

정말 세 사람이 합쳐서 내 성적이로군. 그런데 생각 외로 강천성의 성적이 낮았다. 왜일까?

"자기가 가진 힘을 얼마나 활용했는가, 시험의 클리어에 얼마나 기여했는가. 성적은 이 두 가지를 평가하죠. 그런 면에서 시험자 강천성."

아기 천사가 날개를 파닥거리며 강천성에게 다가갔다.

"성적이 생각보다 낮아서 의문이시죠?"

"그렇다."

"확실히 당신의 활약상은 일행을 고비에서 넘기는 데 크게 일조했죠. 그런데 한편으로는 시험을 클리어하는 데 방해 요인이 되기도 했어요."

"방해?"

강천성의 미간이 꿈틀했다.

"당신은 어째서 시험자 박고찬의 행동을 가만히 내버려 뒀죠? 당신의 한마디면 해결될 문제가 아니었나요?"

"……."

"물론 할 수 있는 일을 하지 않았다고 감점 요인이 되진 않아요. 하지만 시험자 강천성은 확실하게 동료 간의 관계 정립에서 큰 방해가 되었어요."

의아한 얼굴을 띠는 강천성에게 아기 천사의 설명이 이어졌다.

"당신은 시험자 박고찬을 제압했지만 그 뒤로 방관적인 태도로 서열 정립이 안 된 어정쩡한 관계를 야기해 시험자 박고찬이 지속적으로 갈등 요인이 되게 했어요."

"무슨 뜻이냐?"

"당신이 없었다면 질서가 일찌감치 확립됐을 거란 뜻이에요. 시험자 김현호가 소총과 정령으로 목숨을 위협해 다시는 깐죽거리지 못하게 했을 테니까요. 그럼 죽여야 하는 상황까지 나오지도 않았겠죠."

"······."

"자, 더 궁금한 건 없나요? 없으면 집으로 보내드릴게요."

"잠깐만!"

손들고 나선 것은 혜수였다.

"뭐예요? 귀찮게."

"귀, 귀찮다니······."

혜수는 상처 받은 얼굴이 되었다.

"빨랑빨랑 끝낼게요. 왜 한 것도 없었는데 200카르마나 받았냐고요? 자기가 가진 힘을 얼마나 활용했는가가 평가 요소 중 하나이기 때문이죠. 시험자 이혜수는 애당초 가진 힘이 쥐뿔도 없었는데, 그런 것치고는 노력을 많이 했거든요. 이제 됐나요?"

"아······."

그럼 원래의 —50을 메꾸고도 150카르마가 남는구나. 정말 다행이다. 역시 노력한 보람이 있었어.

혜수의 일이 내 일처럼 기뻤다.

"자, 그럼 집에 가세요들."

아기 천사는 가게 문 닫는 불량한 알바생처럼 우리를 쫓아내듯이 시험의 문을 만들었다.

모두들 나가려는 때에 내가 급히 소리쳤다.

"잠깐! 잠깐만요!"

세 사람은 멈추고 나를 돌아보았다.

"가기 전에 연락처를 주고받아요. 아니, 내 핸드폰 번호를 가르쳐 줄 테니 외워놓고 꼭 연락하세요. 휴식 기간 동안 만나서 다음 시험에 대해 상의해야 하잖아요."

"아, 그렇지."

"미처 생각 못했어요."

준호와 혜수가 수긍했다.

"아아, 깜빡한 줄 알고 속으로 낄낄댔는데 아쉽네요."

저 자식이!

나는 아기 천사를 보며 이를 갈았다.

내 핸드폰 번호를 세 사람이 외우고 나서야 우리는 비로소 현실 세계로 돌아갔다.

*　　*　　*

"아들……."

눈을 떠보니, 닭강정을 잘 볶을 것 같은 아줌마가 날 애절하게 바라보고 있었다.

"왜 엄마."

"지금이 11시인데 여태 자?"

"……원래 똑똑한 사람이 잠이 많잖아."

"나폴레옹을 본받아 아들."

"그 사람은 키가 루저잖아. 난 아인슈타인 타입이야. 하루에

10시간은 자야지."

"아들. 아무리 이번 달은 쉬게 놔둔다고 했지만, 그래도 너무 백수의 향기가 풀풀 난다. 좀 열심히 살아, 응?"

"알았어, 엄마. 그렇지 않아도 내가 닭 장사의 샛별이 되기 위해 매일 열심히 운동한다고?"

"으이그, 말은 잘해. 엄마 은행 들렀다가 가게 갈게."

"네, 다녀오셈."

그렇게 엄마가 나가니 집은 텅 비었다.

부엌에 가보니 냉장고에 물과 온갖 찬거리가 있었고, 선반에 라면도 쌓여 있었다. 계란도 있고 김치냉장고에 김치와 맥주가 한가득……

"정말 돌아왔구나."

먹을 것과 마실 것을 이렇게 쉽게 얻을 수 있다니. 예전에는 미처 생각지 못했던 감동이었다.

"아, 엄마 땡큐, 먹여주고 키워줘서 감사감사. 먹고산다는 게 알고 보니 굉장히 힘들더라고."

라면에 계란을 풀어서 끓이고 밥까지 말아서 뚝딱 해치웠다.

배부르게 먹고 맥주까지 한 캔 해치울 무렵, 내 스마트폰이 윙윙대며 진동했다. 확인해 보니 문자가 와 있었다.

[현호 오빠 맞죠? 저 혜수예요. ^^]

혜수가 곧바로 연락을 해왔구나. 어쩜 웃는 이모티콘도 저렇게 귀여울까.

[일어났어? 난 지금 라면에 밥 말아 먹고 맥주 마시며 감동 중. ㅠㅠ]

[ㅎㅎㅎ 맛있겠다! 그럼 전 비빔밥! 고추장 팍팍 풀 거예요.]

[맛있게 먹어. ^^ 아, 그리고 카르마는 쓰지 말고 일단 놔둬 봐. 나중에 같이 상의해서 계획적으로 쓰자.]

[네. ^^ 참, 준호 연락처 알게 되면 가르쳐 주세요.]

[ㅇㅇ]

나는 혜수의 연락처를 저장했다. 주소록에 '혜수♡'라고 저장한 뒤, 단축번호 1번으로 지정했다. 뭐 어때? 내 핸드폰을 누가 본다고.

식사를 마치고 나는 고물 노트북을 열고 인터넷에 접속했다. 다음 시험에 대비해서 해야 할 일이 있었던 것이다.

'아, 깜빡했네. 휴식 시간이 며칠이지?'

나는 석판을 소환했다.

─성명(Name): 김현호

─클래스(Class): 5

─카르마(Karma): +900

─시험(Mission): 다음 시험까지 휴식을 취하라.

─제한 시간(Time limit): 15일

─카르마로 보상을 받을 수 있습니다. 보상을 받으려면 석판을 소환한 채 '카르마 보상'이라고 말씀하세요.

보름.

전보다 휴식 시간이 더 길어졌다.

아직 시간이 한참 남아 있다는 사실에 마음이 다소 든든해진다.

'이 시간을 아주 잘 써야 해. 이것만 하고 등산하러 가야겠다.'

등산과 팔굽혀펴기는 매일 꾸준히 하기로 했다.

두 번째 시험 때도 전에 열흘간 운동한 게 큰 도움이 됐다. 등산 덕에 산 지형에 쉽게 적응했고, 몸이 힘든 것을 참는 데 익숙해진 덕분이었다.

인터넷에 접속한 나는 온갖 커뮤니티 사이트에 글을 올리기 시작했다.

13장

제안

[제목: 이상한 꿈 꿨음.]

내용: 간밤에 이상한 꿈 꿨음.

아무것도 없이 온통 새하얀 세계였는데, 아니꼽게 생긴 아기 천사가 참새처럼 파닥거리며 나타났음. 지가 천사인데 율법이니 시험이니 온통 알 수 없는 소리 지껄임.

됐고, 로또 번호나 가르쳐 달라고 하니까 정말 가르쳐 줌! 이번 주에 로또 한 번 긁어볼 것임. 1등 터지면 인증한다.(진심) 니들도 좋은 꿈 꿔라 ㅋㅋㅋㅋ

음, 이 정도면 충분하군.

새하얀 세계, 천사, 율법, 시험. 중요한 키워드는 다 들어갔다.

너무 진지하게 쓰면 관심 못 받고 무시당할까 봐 일부러 로또 얘기까지 첨부했지만, 같은 시험자라면 누구나 알아보고 이메일로 연락해 올 터였다.

  이런 글을 여러 곳에 복사·붙여넣기를 한 뒤에야 나는 트레이닝복으로 갈아입고 등산하러 집을 나섰다.

  태조산 등산코스를 오르는 길에 준호에게도 연락이 왔다.

  ―현호 형 핸드폰 맞죠?

  "오냐. 너도 일어났구나."

  ―예, 형. 혜수 누나 연락도 받았어요?

  "응."

  ―지금 뭐해요?

  "밥 먹고 등산한다."

  ―등산?

  "운동은 꾸준히 해야지."

  ―그래요? 저는 체력보정 초급 2레벨 찍은 후에 운동 같은 건 신경 안 썼는데.

  음? 듣고 보니 그렇군. 어차피 카르마 좀 써서 체력보정을 습득하면 월등한 육체를 얻게 되는데 힘들여 운동하는 보람이 퇴색된다.

  "듣고 보니 그렇네. 아무튼 매일 하던 거라 계속하려고. 아참, 혹시 너 카르마 보상받은 거 썼어?"

  ―아뇨, 아직 안 썼죠.

  "그럼 쓰지 말고 놔둬 봐. 같이 모여서 상의한 후에 신중하게 결정하자고."

—그럴게요. 그럼 언제 볼까요?

　"글쎄다. 나중에 내가 연락 줄게."

　—예, 형.

　통화를 종료하고 준호의 번호도 등록했다. 주소록에 '아레나' 라는 그룹을 따로 만들어 준호와 혜수의 번호를 옮겨놓았다.

　그사이에 내 체력이 꽤 좋아진 모양이었다. 태조산 정상을 찍고 내려오는데도 예전처럼 힘들지 않았다. 한 번도 쉬지 않고 다이렉트로 등산을 마칠 수 있었다.

　'하긴, 그 유인원 자식들하고 싸울 때와 비교하면 식은 죽 먹기지.'

　집에 도착해서 샤워를 마치고 나왔을 때였다.

　위잉, 위잉.

　스마트폰이 진동을 해댔다. 번호를 확인해 보니 발신자표시제한이라고 쓰여 있었다.

　'대체 누구지?'

　일단은 받아보기로 했다.

　"여보세요?"

　—나다.

　나라고 하면 누군지 어떻게 알아?

　……라고 말하고 싶었지만 누구 목소리인지 나는 또렷하게 알 수 있었다.

　"강천성 씨?"

　—그래.

"아, 연락 잘하셨어요. 다른 사람하고도 다 연락이 됐거든요. 혹시 연락처를 가르쳐 주시면……."

―사정상 연락처는 없다. 앞으로도 연락은 내가 하지.

"아, 그래요?"

대체 무슨 사정일까?

―직접 만나는 게 좋겠군. 집이 어디지?

"천안이요. 천안역이나 천안고속버스터미널로 오시면 되요."

―지금 간다. 도착해서 연락하지.

"네? 자, 잠깐……!"

―철컥.

끊어져 버렸다.

황당함이 밀려왔지만 일단 참기로 했다. 그래도 이 인간이 만나자고 먼저 연락한 게 어디냐. 아기 천사한테 신랄한 혹평을 받은 후에 나름대로 반성이 든 모양이었다.

팔굽혀펴기를 하고 인터넷에 올린 글의 댓글도 확인하며 시간을 때울 때였다.

이번에도 발신자표시제한으로 연락이 와서 전화를 받았다.

"예, 강천성 씨. 어디세요?"

―천안역 동부 광장.

"예, 금방 갈게요."

나는 옷을 챙겨 입고 나갔다.

천안역 앞 동부광장에서 기웃거리니 등 뒤에서 누군가가 내 어깨를 툭 쳤다. 돌아보니 강천성이었다.

"가지."

"예, 식사는 하셨어요?"

"아직."

"저도요. 그럼 근처 식당에서 식사하면서……."

"음식을 사들고 가지. 아무도 없는 곳에서 얘기하고 싶다."

"그, 그럼 그렇게 하죠."

강천성은 음식은 아무거나 상관없다고 했다. 그래서 피자 한 판과 콜라를 사들고 갔다. 강천성은 미리 봐둔 곳이 있었는지 앞장서서 가까운 상가 건물로 들어갔다. 계단을 따라 올라가 옥상에 도착했다.

당연하지만 옥상에는 아무도 없었다.

"쫓기는 입장이라 어쩔 수 없다. 번거롭게 해서 미안하군."

"쫓기고 있다면, 혹시 경찰이요?"

"경찰과 인천의 폭력조직."

대충 짐작은 했지만 정말 복잡한 사정이 있나 보구나.

우리는 피자를 뜯어서 한 조각씩 먹기 시작했다.

먹으면서 강천성이 말했다.

"지난 시험 때는 신세 졌다."

"별말씀을요."

"시험에 방해가 되어서 미안하다."

"그, 그렇지 않아요. 그 천사 자식 말은 신경 쓰지 마세요."

"아니, 정확한 평가였다. 내가 일행을 불편하게 만들었어. 박고찬 같은 놈은 몇 마디 경고로도 충분히 컨트롤할 수 있었을 텐데."

"그래도 싸울 때 앞장서서 활약해 주셨으니까 우리가 살았죠. 그래서 400카르마를 받으셨고요. 역할이 있으니까 보상을 받은 거지, 방해만 됐으면 보상도 못 받았겠죠."

"그런가."

강천성은 문득 쓴웃음을 지었다.

"넌 우리의 리더이니 내 사정을 들려주어야겠군."

"아, 아뇨, 제가 리더는……."

"천사뿐만 아니라 나 역시 네 판단력을 인상 깊게 여겼다. 시험을 모두 통과하려면 네가 우리를 이끌어야 해. 앞으로도 잘 부탁하마."

"그런……. 예, 뭐, 저도 잘 부탁드릴게요."

하는 수 없이 나는 리더라는 역할을 받아들였다. 어차피 일행을 실질적으로 이끌던 것은 나였으니 말이다.

"난 상해에서 무술을 익힌 사람이었다."

그렇게 강천성의 이야기가 시작되었다.

*　　*　　*

강천성의 인생이 꼬이기 시작한 건 봉변에 처한 친구를 구하고부터였다.

사채를 쓴 친구가 깡패들에게 목숨을 위협받자, 강천성은 친구를 구하기 위해 나설 수밖에 없었다.

브로커를 통해 친구를 한국으로 밀입국시키는 일을 진행하던 중, 깡패들과 충돌하여 열댓 명을 병원에 보내 버렸다.

결국 강천성까지 폭력조직의 타깃이 되는 바람에 그 또한 친구와 함께 한국으로 도망칠 수밖에 없었다.

그 뒤로도 고생의 연속이었다.

친구와 함께 인천의 공장에서 계약직으로 일했지만 불법체류자 신분이 약점으로 잡혀 월급을 제대로 받지 못했다.

공장 사장을 두들겨 패고서 친구와 나온 강천성은 먹고살 길을 찾다가 인천의 어느 폭력조직에 가담하게 되었다.

친구는 그저 그런 말단 조직원이 됐지만, 원채 솜씨가 좋은 강천성은 조직 보스의 경호원이 되어 대우를 받았다.

"그런데 어쩌다가 그 조직에게 쫓기게 되신 거예요?"

내 물음에 강천성은 씁쓸하게 말했다.

"원한을 샀던 상해의 조직이 차이나타운을 중심으로 인천에도 손을 뻗었더군. 인천의 조직이 놈들과 모종의 협약을 맺었고, 우호의 증표로 나와 친구를 바쳤다."

"아……."

"그렇게 친구와 함께 목숨을 잃었는데, 시험자가 되어 다시 살 기회를 얻었지."

"그럼 그 친구분은요?"

"저승길을 택했다더군. 천사에게 들었다. 다시 살기엔 너무 지친 거지."

"……그 뒤에는 어떻게 되셨어요?"

"우선 우릴 재물로 넘긴 인천 조직의 보스를 반신불수로 만들었다. 부하 열댓 명을 함께 불구로 만들었으니 조직이 망했거나 복수를 위해 날 쫓거나 둘 중 하나겠지."

오싹한 이야기였다.

오러 컨트롤을 익혀 힘이 강해졌으니 강천성은 복수에 거침이 없었으리라.

"덕분에 경찰에게도 쫓기게 됐지만 상관없다. 이번에 받은 400카르마로 나는 더욱 강해졌으니까."

"아, 400카르마 벌써 쓰셨어요?"

"썼다."

아이고.

같이 상의하고 썼으면 더 좋았을걸.

"어디에 쓰셨는지 알려주시면 안 돼요?"

"알려줘야지. 400카르마를 모두 써서 체력보정 중급 1레벨을 습득했다."

순간 나는 내 귀를 의심했다.

"중급이요? 초급이 아니고요?"

"초급 5레벨 다음이 중급 1레벨이더군. 난 처음부터 초급 5레벨 수준의 육체 능력을 갖고 있었다."

벌써 오러 컨트롤 초급 4레벨과 체력보정 중급 1레벨! 강천성의 엄청남에 소름이 끼칠 정도였다. 이 사람은 대체 얼마나 강한 거야?

"중급이면 대체 어느 정도예요?"

"중급부터는 인체의 한계를 초월하더군. 인간이 낼 수 없는 힘과 지구력을 내게 되었다."

강천성은 5층짜리 상가 건물 옥상 난간에서 아래를 내려다보았다.

"여기서 뛰어내려도 가뿐하다면 설명이 되겠나?"

"저, 정말 대단하네요."

"그동안 겪었던 일들이 있어서 되도록 남과 얽히지 않으려 했는데, 그건 잘못된 생각이더군. 앞으로는 네게 협조를 다하겠다. 보다 강해졌으니 다음 시험 때는 큰 도움이 될 거다."

"예, 잘 부탁드릴게요. 그런데 지금 갈 곳이 없으신 건가요? 날씨도 추워지는데."

"체력보정 중급 1레벨이 되고부터 추위에도 내성이 생겼다. 문제없어."

"그, 그래도 식사라도 하셔야 할 텐데, 그럼 일단 이거라도 받으세요."

나는 지갑에서 4만 원을 꺼내주었다. 강천성은 의외로 순순히 그 돈을 받았다.

"고맙군."

"뭘요. 저도 앞으로 시험 때 계속 도움을 받을 텐데요."

"그래, 아무튼 당분간은 천안에서 지낼 생각이니 매일 점심경에 연락하겠다."

"그렇게 하세요. 혹시나 필요한 게 생기시면 제게 연락을……."

그런데 그때, 내 스마트폰이 울리기 시작했다. 모르는 핸드폰 번호였다.

"누구지? 죄송해요, 잠깐 통화 좀 할게요."

"그래라."

난 양해를 구한 뒤 통화를 받았다.

"여보세요?"

─김현호 씨 맞으십니까?

사무적인 여성의 목소리였다.

"그런데요?"

─올리신 글을 보고 연락드렸습니다.

그 말에 나는 철렁 심장이 내려앉는 듯한 기분이 들었다.

내가 올린 글? 그렇다면 인터넷에 올린 글을 보고 연락했다는 뜻이었다. 하지만 내 핸드폰 번호는 대체 어떻게 알고?

"누구시죠? 이 번호는 어떻게 아신 겁니까?"

─불쑥 연락드려 죄송합니다. 저는 한국아레나연구소의 연구원 차지혜라고 합니다.

"한국아레나연구소?"

내 말에 강천성도 안색이 변했다.

"국가기관인가요?"

─그렇습니다. 저희는 국가의 지원을 받아 김현호 씨 같은 시험자를 돕고 있습니다.

놀란 나에게 차지혜라는 여자가 계속 말했다.

─천안역에 나와 계신 듯한데, 시간 되시면 지금 바로 볼 수 있겠습니까?

"제가 천안역에 있는 줄은 어떻게 아신 거예요!"

─방금 통화로 위치를 추적했습니다.

"당신들 대체 뭐야!"

내가 화를 내자 차지혜가 답했다.

─기분 나쁘셨다면 죄송합니다. 빠른 일처리를 위해서였지

다른 나쁜 의도는 없었습니다. 다음 시험까지 휴식 시간이 많지 않으실 텐데 얘기가 빠르면 빠를수록 좋지 않습니까?

"……."

인터넷에 글 올린 지 얼마 되지도 않아 내 연락처를 알아내고 통화로 위치까지 탐지했다. 정말로 이 여자는 국가기관의 사람이 맞는 모양이었다.

―지금 외곽순환도로를 타고 천안으로 가는 중인데 바로 만날 수 있겠습니까? 물론 저 혼자 가는 중입니다.

나는 일단 통화를 끊어버렸다.

강천성에게 물었다.

"어쩌죠? 시험자를 지원하는 국가기관이라는데 지금 이리로 오고 있대요."

"어떤 사람이었지?"

"젊은 여자였고, 일단 말로는 혼자 오고 있대요."

"국가기관이라……."

강천성은 고민에 잠겼다.

이윽고 그가 말했다.

"만나보지."

"그래야 할까요?"

"국가기관인 건 확실해 보이고, 어차피 네 신상을 알고 있는 이상 피할 수는 없지 않나."

"그건 그렇네요."

"일단 혼자 만나봐라. 난 가까운 곳에서 지켜보다가 혹시나 수상한 기색이 있으면 행동에 나서겠다."

"알겠어요."

강천성이 보디가드가 되니 마음이 든든하기 짝이 없었다.

나는 다시 차지혜라는 여자에게 전화를 걸었다.

—결정하셨습니까?

"예, 만나겠습니다. 단, 한 가지 약속을 받겠습니다. 정말로 나쁜 이야기를 하려는 건 아닙니까? 이를테면 저를 납치하려 한다든지…….."

—절대로 없습니다.

"믿어도 되나요?"

—상식적으로 생각해 보십시오.

차지혜는 나직이 한숨을 쉬며 말했다.

—강한 힘을 가진 시험자에게 거친 방법을 쓸 수나 있겠습니까?

아, 하긴.

강천성의 강함을 말할 필요도 없고, 나 역시도 마음만 먹으면 실프로 대형 사고를 칠 능력이 있다.

생각이 조금이라도 있다면, 국가기관이 이 같은 시험자에게 불이익을 주는 행동을 하지는 않을 것이었다.

—불쑥 신상을 알아내 전화 드린 터라 불인하신 마음은 이해합니다. 그래도 결코 손해 보는 이야기를 하지 않으니 안심하셨으면 합니다.

"알겠습니다. 그럼 천안역에서 뵙죠."

통화를 끊고 우리는 인근의 카페로 각각 따로 들어갔다.

창가 쪽 테이블에 앉은 강천성은 창밖을 예의주시했다.

나는 가까운 테이블에서 아이스 아메리카노를 마시며 차지혜
를 기다렸다.

그렇게 얼마나 시간을 보냈을까.

[천안역입니다.]

차지혜에게서 문자가 왔다. 나는 카페 위치를 지도 어플로 찍
어 보냈다.

이윽고 검은 정장 차림의 젊은 여성이 카페에 나타났다.

'와.'

나도 모르게 감탄을 했다.

숏컷에 검은 정장이 기막히게 잘 어울리는 미인이었다. 하얀
팬츠에 감싸인 다리가 길고 탄력적이어서 사슴을 연상케 했다.

카페에 들어서자마자 그녀는 곧장 내게 성큼성큼 걸어왔다.
여자답지 않게 힘찬 걸음걸이다. 뚜벅뚜벅, 붉은색 앵클부츠가
규칙적으로 바닥을 때린다.

"반갑습니다, 김현호 씨."

"예."

차지혜는 곧장 맞은편에 앉았다.

나는 그녀를 빤히 보다가 물었다.

"군인이세요?"

"어떻게 아셨습니까?"

눈이 동그래지는 차지혜.

인상이 차가운데 놀란 표정이 의외로 귀엽다.

"그야 말투는 다나까고 걸음도 힘차고 헤어스타일까지 짧으
시니까 저도 모르게 군인이 연상되던데요."

이에 그녀는 아랫입술을 깨물며 나직이 중얼거렸다.

"아직도 군바리 티가……."

"네?"

"아닙니다. 그보다 저도 주문하고 오겠습니다."

그녀는 카운터로 성큼성큼 가더니 여직원에게 주문했다.

"캐러멜 마키아또 라지로 하나, 민트 초코 베이글 하나, 딸기 와플 세트 하나."

순간 난 웃을 뻔했다.

각 잡힌 군인티를 팍팍 내는 주제에 달콤한 것만 잔뜩 고른 게 귀여웠다. 설마 날 웃겨서 방심시키려는 속셈인가?

난 흘깃 강천성을 보았다. 강천성은 살짝 고개를 저었다. 다른 일행은 없다는 뜻이었다.

주문을 마치고 돌아온 그녀가 바로 입을 열었다.

"제 소개를 먼저 하겠습니다. 저는 한국아레나연구소의 차지혜입니다. 부대에 있다가 국정원을 거쳐 한국아레나연구소의 연구원이 되었습니다."

보통 여자가 아니로군.

"연구원이라면 어떤 일을 하시는 거죠?"

"제2차원계 아레나와 시험에 대한 전반적인 사항을 연구합니다. 저의 경우 전투와 생존 분야를 맡고 있고, 시험자분들을 전담하여 직접적으로 캐어하는 역할도 맡게 될 예정입니다. 그런데……."

차지혜는 흘깃 옆을 보며 말했다.

"창가 테이블에 계신 분은 같은 팀 시험자입니까?"

"……!"

"카페에 들어오기 전부터 알고 있었습니다. 제게 다른 일행이 없음은 확인하셨을 테고, 합석해서 이야기하지 않겠습니까?"

"……그러죠."

날카로운 안목.

결국 난 강천성을 불러 합석시켰다.

차지혜는 강천성에게 물었다.

"성함이 어떻게 되십니까?"

"말하지 않겠다."

무뚝뚝하게 대답하는 강천성.

그러자 차지혜의 눈이 매섭게 빛났다.

"억양은 중국분이시군요."

"……."

"키 185 내외, 잘 단련된 체격은 체력보정 스킬 때문일 수도 있지만, 제 느낌상 원래 전문 무술을 익힌 분 같습니다. 그리고 경계심 강한 태도로 보아 경찰 쪽 데이터베이스를 참고하면 하루 안에 신분을 알아낼 수 있을 것 같습니다. 틀립니까?"

'세상에!'

나는 기겁을 했다. 틀리긴 개뿔. 그녀는 거의 다 맞췄다.

강천성이 이를 사납게 드러냈다.

"지금 네 목을 분지를 수 있다는 생각은 안 하나 보군."

"제가 정말 혼자 왔다고 생각하십니까?"

"뭣?"

천하의 강천성도 놀란 얼굴이 되었다.

이윽고 강천성의 눈빛이 점점 싸늘해졌고, 두 사람은 매섭게 눈싸움을 했다.

그런데 그때였다.

"주문하신 캐러멜 마키아또, 민트 초코 베이글, 딸기 와플 세트 나왔습니다."

"실례하겠습니다."

차지혜는 벌떡 일어나 달려갔다.

순간 폭풍전야 같았던 긴장감이 맥없이 풀어졌다.

달콤한 것들을 잔뜩 들고 온 차지혜는 기분 탓인지 아까보다 더 생기발랄해 보였다.

나이프로 와플을 썰기 시작하며 그녀가 말했다.

"참고로 정말로 혼자 왔습니다."

"……."

멍한 얼굴이 된 강천성. 아마 내 표정도 그와 똑같을 것이다.

평범한 여성처럼 행복하게 와플을 먹는데, 강천성이 협박을 해도 눈 하나 깜짝 안 하는 여자라니. 군인에 국정원 출신이라더니 정말로 차지혜는 보통이 아니었다.

"이런 기 싸움도 경계받는 것도 싫습니다. 저희는 정말로 시험자 여러분께서 살아남도록 도와드리려고 합니다."

음, 저 말을 곧이곧대로 받아들일 수는 없지.

물론 나쁜 목적으로 접근한 것 같지는 않았다. 그래도 마냥 순수하게 도와주기만 하려는 것도 아닐 것이다.

난 생각 끝에 입을 열었다.

"기다리면서 인터넷을 확인했는데요. 제가 올렸던 글이 전부 삭제되었더라고요."

"예, 기본적으로 사회적 혼란 방지를 위해 시험과 아레나에 대해서는 비밀로 하고 있습니다."

"그것뿐인가요?"

"무슨 뜻입니까?"

"반나절도 안 되어서 제 신분을 알아내고, 글을 모조리 지우고, 곧장 이렇게 찾아온다. 대한민국 공무원치곤 너무 신속하잖아요."

"……."

"제 생각인데요. 한국만이 아니라 다른 나라에도 그런 국가기관이 있는 거죠? 무슨 이유인지 몰라도 그들은 시험자를 찾아내 포섭하려 하고 있고요. 아마 시험자를 통해 얻을 수 있는 어떤 이득이 있기 때문이라고 짐작이 되는데, 제 망상인가요?"

"아니, 정말 훌륭합니다."

차지혜의 차가운 얼굴 위로 감탄이 살짝 떠오른다.

"모든 나라 국가기관이 시험자를 스카우트하려고 기를 쓰고 있습니다. 그래서 저희도 신속하게 움직인 겁니다. 혹시 김현호 씨는 팀의 리더이십니까?"

"예."

"역시."

그녀는 고개를 끄덕이며 말했다.

"예상하신 것처럼 시험자를 통해서 얻을 수 있는 이익이 분명히 있습니다. 그래서 저희는 시험자의 생존을 위해 최선을 다

해 서포트하고, 대신 시험자가 가져다주는 이익을 취합니다. 물론 서포트 중에는 금전적인 보상 또한 있습니다."

"그 이익이 뭔가요?"

"마정이라고 합니다."

"마정?"

"아레나의 모든 살아 움직이는 생명체가 몸속에 지니고 있는 것입니다. 에너지가 응집된 일종의 내단 같은 것인데, 그것이 아주 고효율의 에너지원으로 쓰일 수 있다는 사실이 미국에서 연구를 통해 밝혀졌습니다."

"그 뒤로 경쟁적으로 시험자를……."

"그렇습니다."

"시험자의 생존을 돕기 위해 어떤 서포트를 하고 있나요?"

"예를 들면, 이런 것이 있습니다."

차지혜는 갑자기 자신의 소매를 걷어붙였다. 그러자 그 안에 잠수복처럼 생긴 차콜색의 의상이 드러났다.

"연구소가 개발한 배틀 슈트입니다. 웬만한 힘이 아니면 도검으로 뚫을 수 없고, 보온 효과도 뛰어나 야영 시 유리합니다. 옷은 입고 시험에 임할 수 있기 때문에, 저희는 옷과 신발의 성능 개량에 노력합니다."

"아……."

"뿐만 아니라, 아레나에 대한 정보를 수집·연구합니다. 아레나 전체 지도를 완성했고, 각 지역에 어떤 동식물과 괴물이 서식하는지 알아냈습니다."

"서포트를 한다는 게 그냥 빈말이 아니었네요."

"물론입니다. 최우선은 시험자의 생존입니다. 그리고 동료 분?"

"강천성이다."

"강천성 씨, 어지간히 질 나쁜 흉악범이 아니면 한국 시민권을 가진 새 신분을 드릴 수 있습니다. 이미 그렇게 새 인생을 사는 시험자 몇 분이 계십니다."

"으음."

달콤한 제안인지라 강천성도 갈등이 될 수밖에 없으리라.

"시험에서 얻은 마정으로 수익을 올리실 수 있고, 그것과 별개로 실력에 따라 기본 연봉을 보장합니다. 어떻습니까? 저희가 아직도 무언가 음모를 꾸미는 수상한 기관으로 보이십니까?"

"그렇지는 않아요. 자선사업 하듯이 무조건 우릴 돕겠다고만 했으면 의심했겠지만요."

"다른 나라로부터도 이 같은 제의를 받으실 수 있습니다만, 마정은 소중한 예비 전략물자이고, 조국의 국가기관과 함께하면서 얻을 수 있는 편의도 많습니다. 부디 저희와 함께해 주셨으면 좋겠습니다."

"나쁜 이야기는 아닌 것 같네요. 다른 동료들과 상의해서 결정하겠습니다."

"그러십시오. 그런데 실례지만 몇 회차이십니까?"

회차?

아마 몇 번째 시험이냐고 묻는 거겠지.

난 씨익 웃으며 말했다.

"그건 비밀입니다."

차지혜도 살짝 미소를 지었다.

"역시 현명하십니다. 꼭 함께했으면 합니다. 받아들이신다면 제가 여러분 팀의 담당자가 될 겁니다."

"긍정적으로 생각해 보죠."

우리를 자리에서 일어나 악수를 했다. 그런데 그녀는 다시 자리에 앉았다.

"일단 주문한 건 다 먹고 일어서고 싶습니다만……."

"그, 그러세요."

차지혜는 와플과 베이글을 열심히 먹었다.

먼저 일어선 쪽은 강천성이었다.

"먼저 가지. 저녁에 연락하마."

"그러세요."

강천성이 떠나고 나와 차지혜는 단둘이 되었다.

민트 초코 베이글을 몹시 맛있게 먹으면서 차지혜가 말했다.

"제가 여러분을 보고 알아낸 게 있는데 들어보시겠습니까?"

"그러세요."

"다른 시험자를 만나보지 못하신 걸로 보아 5회차 이내. 아직 두 분 사이가 어색한 걸로 보아 3회차 이내. 그리고 강천성 씨는 범죄자지만 김현호 씨의 신뢰를 받고 있는 걸로 보아 질 나쁜 분은 아닌 듯합니다."

'헐.'

나는 화들짝 놀랐다.

그녀는 나를 흘깃 보며 계속 말했다.

"체격은 평범하신데 팀의 리더인 것으로 보아, 김현호 씨는 마법 계열의 메인스킬을 익히셨을 겁니다."

"그, 그렇다고 해두죠."

"그렇습니까? 전투 계열은 확실히 아니지만, 마법 계열이 아닌 좀 더 특수한 쪽이시군요."

"그, 그만해 주세요."

"훗, 알겠습니다."

차지혜는 나직이 미소를 지어보였다.

우리 누나처럼 차가운 인상인데, 가끔씩 살짝 보이는 미소가 대단히 귀여운 여자였다.

딸기 와플 세트까지 전부 먹어치운 뒤에야 차지혜는 자리에서 일어났다.

"밤늦게라도 상관없으니 오늘 내로 팀원과 상의해서 결론짓고 연락 주십시오."

"너무 서두르시네요?"

"이제 2회차이시니 휴식 시간이 보름밖에 안 되잖습니까. 최대한 빨리 결정하고 다음 시험에 대비해야 합니다. 혹시 카르마는 전부 쓰셨습니까?"

"아뇨, 아직 안 쓰고 있는……."

거기까지 말하다가 나는 아차 싶었다. 차지혜는 또다시 살포시 미소 지었다.

"역시 2회차셨습니까."

'또 당했다!'

난 이제 이 여자가 무서워진다.

"아무튼 잘됐습니다. 카르마도 저희와 상의하여 전략적으로 보상받으면 그만큼 다음 시험에서 유리합니다."

"끄응, 알겠습니다. 오늘 내로 연락을 드릴게요."

"만일 승낙하신다면 내일 계약을 하고 곧바로 다음 시험 준비에 들어가면 좋겠습니다. 아무튼 좋은 선택을 기다리겠습니다."

우리는 악수를 하고 카페를 나와 헤어졌다.

곧바로 준호와 혜수에게 전화해 오늘 있었던 일을 빠짐없이 설명했다.

두 사람 모두 긍정적인 반응이었다.

"우와, 정말이에요 형? 저야 당연히 땡큐죠! 시험에서 살아남도록 지원해 주고 돈까지 준다는데 마다할 이유가 없잖아요."

이게 준호의 반응.

"현호 오빠는 어떻게 생각하세요? 오빠가 찬성이면 저도 무조건 찬성이에요."

이게 혜수의 반응.

저녁에 연락이 온 강천성 또한 찬성이었다. 다른 것보다 한국 시민으로 새 신분을 준다는 게 마음에 들었던 모양이었다.

나는 차지혜에게 문자를 보냈고, 곧바로 답장이 날아왔다.

[팀원들의 이름과 주소를 알려주세요. 저희가 직접 모시러 가겠습니다.]

14장

한국아레나연구소

오전 11시.

뜬금없이 전화가 왔다.

―김현호 씨 되십니까?

"누구시죠?"

―연구소 직원입니다.

그 말에 정신이 번쩍했다. 한국아레나연구소였다.

―김현호 씨와 강천성 씨를 모시기 위해 천안에 도착했습니다만.

"아직 강천성 씨한테 연락이 안 와서 조금 기다리셔야 할 것 같은데요."

―댁에서 가까운 곳에서 대기하고 있을 테니 연락이 되는 대로 전화 주십시오.

"예."

팀원들에게 따로 차를 보내겠다더니 정말이었다. 게다가 일찍 와서 대기하고 있다니, 정말 지극정성이다.

아레나에 대해 연구하는 국가기관들이 정말로 시험자 스카우트에 심혈을 기울이는 모양이었다.

'다른 나라 국가기관하고 저울질하며 몸값 흥정을 했으면 더 유리한 조건을 받아냈을 텐데. 뭐, 그럴 시간적 여유가 없으니까 하는 수 없지. 다른 나라보다 한국에 있는 게 좋고.'

신기했다.

그런 국가기관들이 있는 줄도 몰랐는데, 프로 축구팀처럼 시험자들을 스카우트하기 위해 경쟁까지 하고 있었다니.

3회차, 4회차, 5회차······.

계속 시험에서 살아남고 강해진다면 다른 국가기관에서 거액을 주고 스카우트하는 일도 생길 것이다.

나를 영입하기 위해 여러 국가가 돈다발을 들고 경쟁을 벌이는 모습을 떠올리니 상상만 해도 기분이 끝내줬다.

물론 살아남았을 때의 일이지만 말이다.

윙, 위잉.

스마트폰이 울렸다. 발신자표시제한. 강천성이었다.

"여보세요?"

―천안역이다.

"저희 집 근처로 오세요. 여기가 어디냐면······."

나는 강천성에게 집주소를 불러줬다.

그 뒤 연구소 직원에게 전화를 걸었다.

"곧 온대요."

―알겠습니다. 그럼 댁 앞에 차 대놓고 기다리겠습니다.

"예, 지금 나갈게요."

옷을 입고 나가니 아파트 현관 앞에 에쿠스 한 대가 세워져 있었다. 오, 생각보다 좋은 차다. 그래도 국가기관이라고 국산 차를 쓰는구나.

30대 후반쯤 된 사내가 차에서 나와 인사했다.

"김현호 씨 되십니까?"

"네, 반갑습니다."

"타시죠."

그는 직접 뒷문을 열어주었다. 마치 VIP 대접을 받는 기분이다. 잠시 후 강천성도 합류하여 옆자리에 탔다.

"출발하겠습니다."

＊　　　＊　　　＊

남자는 차를 몰고 가까운 군부대에 들어가더니 부대 내의 헬기장에 우리를 내려주었다. 잠시 후 요란한 소리를 내며 헬기가 도착했다.

남자는 헬기를 가리켰다.

"타십시오."

대체 어디로 가는 거지?

의아한 기분이 들었지만 일단은 강천성과 함께 헬기에 올라탔다. 요란한 소리와 함께 헬기가 날아올랐다.

헬기를 타본 것은 이번이 처음이라 나는 정신없이 헬기 내부와 아래의 풍경을 구경했다.

그렇게 해서 우리가 도착한 곳은 서해안의 어느 외딴 섬이었다. 꽤 큰 섬인데 커다란 10여 층짜리 빌딩 두 채가 들어선 모습이었다.

'섬이라니, 공개되어서는 안 되는 국가기관이라 그런가?'

헬기장에서 착륙한 후에 우리는 직원의 안내를 받아 건물 내부로 움직였다.

"오빠!"

"현호 형!"

대기실 비슷한 방에 도착하니 혜수와 준호가 우리를 반갑게 맞이했다.

"너희도 헬기 타고 왔냐?"

"네."

"좀 쫄았어요. 갑자기 헬기 타고 가니까 어디로 날 데려가나 싶더라고요."

하기야. 납치라도 당하는 기분이었겠지.

그래도 난 강천성과 함께해서 덜 무서웠지. 여차하면 강천성이 죄다 때려눕힐 테니까. 아하하.

대기실에서 넷이 모여 이런저런 이야기를 하고 있을 때였다.

"오셨습니까."

차지혜가 나타났다.

오늘은 다크그레이 정장에 하얀 니트, 브라운 앵클부츠 차림이었다. 걸음걸이는 여전히 뚜벅뚜벅 거침없다.

"반갑습니다, 차지혜라고 합니다. 앞으로 여러분의 담당이 될 겁니다."

"우리가 계약을 한다면 말이죠?"

"그렇습니다."

내 말에 차지혜는 특유의 옅은 미소를 지었다.

"2회차 시험을 마치신 걸로 아는데, 휴식 시간이 며칠이나 남으셨습니까?"

"14일 남았습니다. 시험이 어제 끝났으니까요."

"시험이 끝나자마자 인터넷에 글을 올리셨습니까?"

"예."

"역시 현명하십니다. 준비할 수 있는 시간이 생각보다 많아 다행입니다."

아, 정말. 이 여자한테 칭찬받을 때마다 왜 이렇게 기분이 날아갈 것 같지?

모태솔로나 다름없는 청춘을 보내서 그런가. 사실 나란 놈은 미인계에 매우 취약한 거 아냐?

"계약 내용에 대해 간략하게 설명드리겠습니다. 저희 한국아레나연구소는 일단 여러분의 실력이나 성과와 상관없이 생존하실 수 있도록 가능한 모든 지원을 다합니다."

"다른 베테랑 시험자와 차별 없이 똑같은 수준의 지원을 받는다는 뜻이죠?"

내가 물었다.

차지혜는 고개를 끄덕였다.

"그렇습니다. 어차피 저희가 해드릴 수 있는 지원은 한계가 있고, 결국은 시험자분들의 역량에 달려 있기 때문입니다."

"그건 그렇죠."

"저희는 아직 2회차밖에 안 되신 여러분이 안전하게 다음 시험을 통과하며 성장하시길 원합니다. 즉, 마정 획득보다는 생존에 초점을 맞출 계획입니다."

"마정을 가져올 경우에는 얼마를 받게 되는 거죠?"

"마정에 대한 대가는 마정의 에너지 밀집 수준에 따라 금액이 정해져 있습니다. 이 점 또한 기존의 다른 시험자와 차별 없이 동일합니다. 다른 점이 있다면 기본 연봉이지요."

"연봉은 얼마나 받을 수 있죠?"

"연봉은 성과와 상관없이 기본적으로 생계 보장을 위해 드리는 금액인데, 아무래도 연봉 책정을 위해서는 여러분의 힘이 어느 정도인지 알아야 합니다."

"스킬 레벨과 장비를 확인하고 싶다는 뜻이군요?"

"그렇습니다."

"결국 저희는 계약 전에 모든 정보를 다 공개해야 하네요. 이건 저희가 너무 일방적으로 불리한 계약이 아닌가요? 저희는 다른 국가기관과도 접촉해 보지 못했기 때문에 보통 어느 정도 조건으로 계약이 이루어지는지 전혀 알지 못해요."

"그런 측면은 저희를 믿어달라고밖에 드릴 말씀이 없습니다. 어차피 지속적으로 시험자분들과 좋은 관계를 유지하려면 적절한 대우를 해드려야 합니다. 그렇지 않으면 타국에 귀중한 인재를 뺏깁니다."

"으음······."

이 여자는 믿을 수 있을 것 같다는 생각이 든다. 아, 미인계에 걸려든 탓인가?

나는 고민 끝에 말했다.

"일단은 1년만 계약할게요."

"1년 말씀이십니까?"

"예, 일단 1년만 함께해 보고 충분한 신뢰가 생기면 계속 계약을 연장할게요."

"으음, 좋습니다. 어차피 김현호 씨 팀의 실력에 따라 연봉도 재조정됩니다. 저희는 정부 지원도 받고 있으니 그 점은 섭섭하지 않으실 겁니다."

나는 다른 이들을 돌아보았다. 이혜수, 이준호, 강천성 셋 다 고개를 끄덕였다.

난 차지혜에게 말했다.

"좋아요."

차지혜는 브리프케이스에서 종이와 펜을 우리에게 나눠주었다.

"스킬과 아이템, 카르마를 전부 적어서 주십시오. 그것을 토대로 심사하여 연봉을 책정하겠습니다."

우리는 종이에 서술을 하기 시작했다.

정령술 초급 1레벨, 전장식 마법소총, 탄알집혁대, 900카르마.

내가 쓴 글을 보던 차지혜가 놀라서 물었다.

"정령술?"

"뭐 잘못됐나요?"

"그건 아닙니다. 그런데 정령술을 가진 시험자는 들어본 적이 없습니다."

"그렇게 특이한가요?"

"예, 웬만큼 실력 좋은 시험자는 이 바닥에 널리 알려지게 되는데, 정령술을 메인스킬로 가진 시험자는 한 번도 등장한 적 없습니다. 희귀 능력을 가지신 만큼 계약 조건도 유리해질 겁니다."

"그거 다행이네요."

"그런데 900카르마라고 적혀 있는 건 실수로 잘못 적으신 겁니까?"

"아뇨. 900카르마 맞아요."

차지혜는 더욱 놀라움에 찬 얼굴이 되었다.

"2회차에서 900카르마를 얻으셨단 말씀이십니까?"

"예, 뭐, 역대 최고점이라고 천사 자식이 그러긴 하던데 정말인가요?"

"무, 물론입니다. 5회차에서도 그만큼 점수 따기가 힘듭니다. 정말 대단하십니다."

감탄한 그녀의 얼굴을 보니 기분이 좋아진다. 내 주제에 능력자 취급을 받다니, 29년 평생 없었던 경험이다.

이어서 그다지 쓸 게 없는 이준호와 이혜수도 종이를 제출했다. 그걸 받아 읽어보고 별다른 반응이 없었던 차지혜였지만, 이어서 강천성의 것을 보고는 또다시 놀랐다.

"강천성 씨, 혹시 허위 기재를 하신 것은 아닙니까?"

"아니다."

"2회차 시험자가 오러 컨트롤 초급 4레벨과 체력보정 중급 1레벨인 것은 상식적으로 말이 안 됩니다만……."

"그런데?"

강천성의 표정이 험악해진다.

내가 잽싸게 끼어들었다.

"그분은 원래 엄청난 무술가였어요."

"……알겠습니다. 아무튼 심사를 하고 돌아오겠습니다. 그리 긴 시간이 걸리지 않으니 잠시만 기다려 주십시오."

차지혜는 우리에게 받은 종이를 브리프케이스에 넣고 나갔다.

"형, 얼마나 받을 수 있을까요?"

"난 돈 같은 건 상관없어. 살아남는 데 도움만 되면 그걸로 족해."

부잣집 딸다운 혜수의 욕심 없는 소망이었다.

"그러게. 당장은 너무 욕심 차리지 말자. 저쪽도 말했지만, 일단은 살아남는 데 주력해야 해. 이렇게 제대로 된 기관인 걸 보면 큰 도움이 될 거야."

우리보다도 훨씬 시험에 대해 잘 알고 있었던 차지혜였다. 아레나 전체 지도까지 제작했다니 수많은 정보를 보유하고 있겠지.

심사는 정말 빨랐다.

30분도 되지 않아 되돌아온 차지혜가 계약서 4부를 우리에게 나눠줬다.

"읽어보시고 서명하시면 됩니다. 요약하자면 1년 소속 계약,

연봉은 김현호 씨와 강천성 씨는 6천, 다른 두 분은 3천입니다."

"6천?"

나는 깜짝 놀랐다. 생각보다 훨씬 높은 연봉이었기 때문이다.

놀란 내게 차지혜가 말했다.

"김현호 씨는 정령술이라는 극히 희귀한 스킬을 익히셨고 팀의 리더라는 점에서 높은 연봉을 부여했고, 강천성 씨는 벌써부터 5, 6회차 시험자와 맞먹는 강함을 지녔기에 역시 6천으로 정했습니다."

"그럼 저희가 지켜야 할 의무사항이 있나요?"

"카르마는 반드시 담당 연구원과 상의한 후에 사용하고, 아레나에서 습득한 마정은 반드시 저희에게 판매할 것, 그리고 훈련 시간을 준수해 달라는 것 외엔 없습니다."

"좋네요."

계약서를 읽어보니 차지혜의 말이 틀리지 않았다.

나를 필두로 모두가 사인을 했다.

그렇게 계약이 채결되었다.

"한국아레나연구소의 소속 시험자가 되신 것을 축하드립니다. 저는 여러분의 담당 연구원 차지혜입니다. 앞으로 무슨 일이 있을 시 제게 말씀하시면 됩니다."

"잘 부탁드립니다."

"잘 부탁드려요."

우리는 차지혜와 다시 한 번 정식으로 인사를 나눴다.

그렇게 본격적인 시험 준비가 시작되었다.

　　　　＊　　　　＊　　　　＊

　가장 먼저 한 일은 개별 면담이었다.

　차지혜는 우리를 한 명씩 불러 지난 시험의 경위를 들었다. 1회차와 2회차 시험을 어떻게 통과했는지 최대한 상세한 설명을 그녀는 요구했다.

　그것을 통해 우리의 성향과 전투 스타일을 파악한다는 의도였다.

　리더인 내가 가장 먼저 면담에 들어갔다.

　나는 박고찬의 죽음까지 솔직하게 털어놓았다.

　숨길 필요가 없다고 생각했다.

　"요약하겠습니다. 시험자 김현호는 동료를 겁탈하려 했던 시험자를 처단하고, 레드 에이프 우두머리를 암살하셨습니다. 맞습니까?"

　"예."

　그녀는 고개를 끄덕였다.

　"아주 좋습니다. 시험자 김현호는 제 생각보다 훨씬 능력이 뛰어나십니다. 거기에 강천성 씨 같은 팀원도 있으니 김현호 씨 팀은 장기적으로 생존할 가능성이 매우 높아 보입니다."

　"감사합니다. 그런데 박고찬을 죽인 것은……."

　"염려 마십시오. 아레나에서 벌어진 일로 처벌할 법적 근거도 없고, 시험자 김현호는 아주 현명한 조치를 취했습니다. 그런 동료 때문에 팀워크가 무너져 전멸한 시험자 팀이 많습니다."

그제야 내 안에서 박고찬에 대한 마음의 짐이 완전히 사라졌다.

개별 면담에 이어 체력 테스트까지 마치고, 차지혜는 팀원에게 각자 알맞은 카르마 보상을 제시했다.

"다행히 김현호 씨의 체력은 건강한 성인 남성 수준이었습니다."

"저, 정말 다행이네요."

내 저질 체력에 자신이 없었던 나로서는 안도의 한숨이 나왔다. 매일 등산한 보람이 있었던 모양이다.

"김현호 씨는 우선 600카르마로 보조스킬 체력보정을 초급 4레벨까지 습득하시는 게 좋겠습니다. 체력은 무엇보다도 중요한데, 이걸 참고하십시오."

그녀는 서류 한 장을 보여주었다.

[체력보정(보조스킬)]

─초급 1레벨: 건강한 성인 남성 수준의 체력을 얻는다.(─100)

─초급 2레벨: 운동신경 좋은 성인 남성 수준의 체력을 얻는다.(─150)

─초급 3레벨: 훈련받은 직업군인 수준의 체력을 얻는다.(─200)

─초급 4레벨: 특수훈련을 받은 정예군인 수준의 체력을 얻는다.(─250)

─초급 5레벨: 인체의 한계까지 강화된 체력을 얻는다.(─300)

중급부터는 인체의 한계를 초월한다는 강천성의 말대로였다.

"초급 4레벨이면 특수부대 정예 수준의 몸을 얻는 거네요?"

"그렇습니다."

"힘든 훈련도 없이 공짜로?!"

"공짜입니다. 물론 갑자기 강화된 육체에 적응할 필요는 있습니다."

드디어 나도 몸짱이 되는 건가!

"그럼 당장 습득할게요."

"그러십시오."

나는 잔뜩 들떴다.

석판을 소환해서 카르마 보상을 고른 후 체력보정을 골랐다.

—체력보정(보조스킬): 체력을 강화합니다.

＊초급 2레벨: 운동신경 좋은 성인 남성 수준의 체력을 얻습니다. (—15ᴍ)

"체력보정을 초급 4레벨까지 습득한다."

그러자 석판의 글귀가 변했다.

—체력보정 초급 4레벨까지 6ᴑᴑ카르마가 소모됩니다. 습득하시겠습니까?

—잔여 카르마: +9ᴑᴑ

"습득한다."

파앗!

석판에서 빛이 나더니 그 빛이 내 몸에 스며들었다. 이윽고 온몸이 꿈틀거리며 변형되는 것이 느껴졌다.

"어어?!"

"당황하실 것 없습니다. 스킬이 적용되어 육체가 변형되는 겁니다."

찰흙 주무르듯 내 몸이 멋대로 꿈틀꿈틀 변하기 시작했다.

물렁한 뱃살은 사라지고, 어깨와 팔다리는 견고해진다. 사라진 뱃살 대신 단단한 무언가가 자리 잡기 시작했다.

1분쯤 지났을까.

변형이 종료되었다.

"우와!"

난 스스로의 몸을 보고 깜짝 놀랐다. 내 대흉근이 이렇게 훌륭했던가?

소매를 걷어보니 팔이 근육이 세밀하게 잘 발달되어 있었다. 셔츠를 걷어 올려 복부도 확인했다.

"이, 이건!"

그 전설의 식스팩! 팔다리는 마른 주제에 아랫배만 볼품없이 출렁거리던 물렁살은 어디로 갔는지 보이지 않았다.

뿐만이 아니었다.

어깨도! 다리도!

그냥 헬스근육이 아닌 잔근육이 잘 쪼개진 멋진 육체가 되어 있었다.

"끝나셨습니까?"

내 몸을 보며 들뜬 내게 차지혜가 문득 물었다. 그제야 정신을 차린 나는 머리를 긁적였다.

"이거 정말 끝내주는 스킬이네요."

"완력뿐만 아니라 근지구력, 심폐지구력도 전체적으로 크게 향상되셨을 겁니다."

"진짜 좋다. 그럼 남은 카르마는 어디다 쓸까요?"

"100카르마로 꼭 배우셔야 할 보조스킬이 있습니다."

"뭔데요?"

"길잡이라는 스킬입니다. 석판으로 확인해 보십시오."

나는 석판에 대고 길잡이라는 스킬을 확인했다.

―길잡이(보조스킬): 목적지의 방향과 위치를 알 수 있는 육감을 얻습니다.

＊초급 1레벨: 어렴풋이 방향을 알 수 있습니다. (―1㎜)

이런 스킬도 있었나?

"팀에서 한 사람은 반드시 익혀야 하는 스킬입니다. 김현호 씨는 리더이고 실프로 정찰도 하시니 이 스킬도 함께 익히시면 더 유용할 겁니다."

"알겠어요."

난 동의하고 이 스킬도 익혔다. 그렇게 100카르마가 더 소모되고 200카르마만 남게 되었다.

"그런데 보조스킬만 익혔는데, 메인스킬인 정령술은 안 올려도 될까요?"

"메인스킬은 한두 레벨을 올려도 1레벨과 큰 차이가 없습니다. 당장은 보조스킬을 올리는 편이 큰 효과를 얻습니다. 무엇보다 강한 체력과 방향감각은 필수입니다."

"알겠습니다."

전문가인 차지혜를 믿기로 했다.

"남은 200카르마는 어디다 써야 하죠?"

"그 부분은 전문가들과 좀 더 실험해 볼 게 있어서 시간이 필요합니다."

"실험이요?"

"최적의 선택을 찾고 있으니 저희를 믿고 기다려 주십시오."

"예, 그럴게요."

"그리고 이 책을 받으십시오."

차지혜는 아주 두꺼운 책을 한 권 주었다.

"아레나에 대한 종합적인 정보가 서술된 책입니다. 꼭 완독하실 것을 권장합니다."

"예, 근데 훈련은 언제부터 하죠?"

"당장은 없습니다."

"예?"

훈련이 필요 없다니?

의아해하는 내게 차지혜가 말했다.

"김현호 씨는 당장 짧은 훈련으로 향상될 부분이 없습니다. 서바이벌도 스스로 잘해내셨고, 사격은 안 보고 쏴도 백발백중이고, 정령술의 응용력도 훌륭하십니다."

"……."

"물론 정령술을 유용하게 활용할 수 있는 아이디어가 떠오르면 바로 조언을 해드리겠습니다만, 당장 남은 14일은 푹 쉬시는 편이 좋습니다."

"다른 팀원도 마찬가지인가요?"

"강천성 씨도 당장은 훈련이 필요 없었습니다. 전투 능력은 오히려 저희 무술교관이 배워야 할 정도였습니다."

"하긴……."

그 양반이야 원채 괴물처럼 강했으니, 무술가로서는 거의 완성 수준이 아닐까?

"하지만 이준호 씨와 이혜수 씨는 14일간 여기서 숙식하며 집중 훈련을 받기로 했습니다."

"여기서?"

"예, 두 분은 실력이 현저히 부족해 집중 훈련이 필요했습니다. 물론 시험 직전 하루 이틀은 재충전할 시간을 드릴 겁니다."

혜수가 걱정된다.

고작 장검 한 자루와 150카르마밖에 없는 혜수가 집중 훈련으로 얼마나 강해질 수 있을까?

"그럼 저와 강천성 씨는 집에 가도 되는 거죠?"

"강천성 씨는 거처가 따로 없어 이곳에서 지내기로 하셨습니다. 현호 씨는 헬기와 차량으로 댁까지 모셔다드리겠습니다."

*　　　*　　　*

헬기 타고 에쿠스 타고 집에 도착하니 오후 7시였다.

돌아와 샤워를 하다가 멋진 내 몸에 또다시 감탄하며 만족감에 젖었다.

현지가 보면 깜짝 놀라겠네. 그동안 멸치는 보기 싫다며 그렇게 나를 타박했겠다. 이 오라버니의 초콜릿복근에 경악하게 해줘야겠다.

……왠지 치한 같으니 관두자. 여동생한테 무슨 짓이냐.

샤워를 마친 후에도 내 복근이 너무나 사랑스러워서 상의는 벗은 채로 집 안을 돌아다녔다.

전신거울 앞에서 히죽히죽 웃다가 청바지만 입고 모델 포즈도 취해봤다. 아, 행복해라.

'한번 얼마나 좋아졌는지 테스트를 해봐야지.'

일단 가볍게 팔굽혀펴기.

'처, 천 번은 할 수 있을 것 같아!'

더 이상 50회 하고 헥헥대던 내가 아니었다. 물구나무를 선 채로 팔굽혀펴기를 해봤는데, 이것도 된다!

어디 그뿐인가?

양손 엄지만으로 몸을 지탱한 채 팔굽혀펴기를 하는 데 성공했다.

"실프, 나 멋지지?"

—냥!

요 귀여운 것은 그저 고개를 끄덕이며 애교를 부렸다. 역시 정령도 보는 눈이 있군. 암, 그렇고말고. 단지 내가 주인이라서 무조건 동의해 준 건 아닐 거야.

정말 대만족이었다. 몸이 고무공처럼 탄력이 넘쳤다.

'특수부대 정예 요원은 훈련만으로 이런 육체를 만들었단 말이야? 진짜 존경스러운 분들이다.'

공짜로 이런 몸을 얻은 내가 도둑놈처럼 느껴질 정도였다.

그렇게 시간 가는 줄도 모르고 운동을 하고 있을 때였다.

삐삐삐—

비밀번호 누르는 소리와 함께 현관문이 열렸다.

"아들, 나 왔어!"

'헉, 엄마다.'

난 잽싸게 상의를 입었다.

"닭강정은 많이 팔았음?"

"아니……."

"엥? 이제 슬슬 망하기 시작한 거야?"

"아직 영업 시간도 안 끝났는데 재료가 떨어졌지 뭐야. 아이, 속상해."

"……여전히 불티나는구나. 후계자로서 안심했어."

"호호, 아들도 얼른 가게 나와서 일해."

"다음 달부터."

그러고 보니 나 이제 백수 아닌데. 이제 난 연봉 6천을 기본으로 받는 고소득자였다. 근데 이걸 어떻게 설명해야 하지?

'취직했으니 가게 일 못한다고 하면 울 엄마 왕 삐질 텐데.'

아들과 함께 일하게 됐다고 무지 들떠 있던 우리 엄마. 내가 취직했다고 사라지면 도로 시무룩해질 터.

'일단 비밀로 해야지.'

이 문제는 3회차 시험이 끝나고 해결하기로 했다.

잠시 후에 누나도 도착했다. 엄마 먼저 내려주고 주차하고 온 모양이었다.

누나는 오자마자 날카로운 눈으로 집 안을 둘러보았다.

"현지는?"

"없는데."

그러고 보니 지금이 밤 10시인데도 현지가 오지 않았다.

"전화도 안 받던데."

서, 설마?

"얘 또 클럽 간 거 아니니?"

엄마가 직설적으로 의문을 제기했다. 그러자 누나의 눈빛이 한층 더 차가워졌다.

"토익 400점짜리가 이 시기에 클럽?"

토익 400점?!

나는 피를 토할 뻔했다. 그게 졸업 앞둔 대학생의 스펙이란 말인가!

33세 노처녀 변호사는 불같이 진노하여 나를 노려보았다.

"김현호!"

"왜, 왜?"

얼음장 눈빛에 난 심장이 쪼그라드는 기분이 들었다.

"당장 나가서 현지 찾아와."

"걜 어디서 찾아?"

"찾아, 백수."

"네."

엄마한테도 안 하는 존댓말이 본능적으로 튀어나왔다. 난 잽싸게 블레이저를 챙겨 입고 집을 나섰다.

야밤에 아파트를 나서자 막막한 기분이 들었다. 현지 얘는 분명히 정신 줄 놓고 놀고 있겠지.

'폰을 꺼놨다면 클럽이나 나이트클럽인데. 평일이라 학교 끝나고 놀러간 것이니 강남이나 홍대로 원정 가진 않았을 테고.'

천안에 클럽은 하나지만 나이트클럽은 여러 개다. 그중 어디에 현지가 있을지 내가 무슨 수로⋯⋯.

'응?'

문득 어떤 이상한 느낌이 들었다.

왠지 오른쪽 방향으로 가면 현지를 찾을 수 있을 것 같다는 예감이었다.

비로소 나는 오늘 습득한 보조스킬 '길잡이'를 떠올렸다.

'그래, 이 스킬이면 찾을 수 있겠다!'

그냥 막연하게 방향만 알 수 있을 뿐이었지만, 이 스킬과 지도 어플이면 가능할 것 같았다.

스마트폰으로 지도 어플을 켜고 천안에 있는 클럽과 나이트클럽을 검색했다. 내 직감이 드는 방향에 하나가 위치해 있었다. 다행히 여기서 가까운 클럽이었다.

'좋아. 기다려라, 현지 이년.'

나는 택시를 잡아타고 클럽으로 향했다.

*　　　*　　　*

클럽에 도착하자 그 안에 현지가 있다는 예감이 들었다.

'여기구나.'

택시에서 내린 후에 클럽으로 향했다.

옷을 대충 입고 왔는데 평일이라 그런지 다행히 별다른 제지 없이 입장할 수 있었다.

쩌렁쩌렁한 일렉트로닉 뮤직이 내 고막을 공격했다. 저 DJ 새끼 청각장애인인가.

춤추는 사람은 생각보다 많지 않았다. 쭉 둘러봤는데 현지는 안 보였다. 어째 죄다 사내놈들밖에 없다.

'이쪽인가?'

길잡이 스킬이 나를 왼쪽으로 인도했다. 룸이 밀집된 구역이었다. 설마, 룸 안에서 남자들하고 술 마시는 거야?

'이 토익 400점짜리가!'

난 성큼성큼 그쪽으로 향했다.

룸을 쭉 둘러보니 한 룸 앞에서 강한 예감이 들었다.

'여기다.'

나는 문을 열고 안으로 들어갔다.

룸 안에 있던 남녀의 시선이 나에게 쏠렸다. 남자 셋, 여자 셋. 그중 한 명은 역시나 현지였다.

"오, 오빠?"

현지의 두 눈이 토끼처럼 동그래졌다.

"가자, 이것아."

"여긴 어떻게 알고 왔어?"

"누나가 보내서 왔다."

"어, 언니가?"

현지의 목소리가 공포로 떨리기 시작했다.

"누구야?"

"현지 오빠가 봐."

여자들이 수군거리고 남자들도 영문을 모르는 얼굴로 나와 현지를 번갈아보았다.

난 한숨을 쉬며 손짓했다.

"얼른 가자. 네 토익 점수에 클럽 생각이 나니?"

"히잉……."

현지는 울상이 되어서 자리에서 일어났다. 가방을 챙겨 들고 순순히 나온다. 누나가 무섭긴 한가 보구나.

『아레나, 이계사냥기』 2권에 계속…

강준현 장편 소설

FUSION FANTASTIC STORY

개척자

Pioneer

『복수의 길』의 강준현 작가가 선보이는
2015년 특급 신작!

글로벌 기업의 총수, 준영.
갑자기 찾아온 몽유병과 알 수 없는 상황들.

"…누구냐, 넌?"
혼돈 속에서 순식간에 바뀐 그의 모든 일상.
조각 같던 몸도, 엄청난 돈도, 뛰어난 머리도 모두. 사라졌다!

스스로도 알 수 없는 낯선 대한민국의 밑바닥부터
다시 시작해야 하는 준영.

"젠장! 그래, 이렇게 산다!
대신 나중에 바꾸자고 하면 절대 안 바꿔!"

그는 과연 이 상황을 극복하고 자신의 운명을
새롭게 개척해 나갈 수 있을 것인가!

Book Publishing CHUNGEORAM

유행이 아닌 자유추구 -
WWW.chungeoram.com

글삶 장편 소설
FUSION FANTASTIC STORY
세상을 다 가져라

[세상을 다 가져라]

문피아 선호작 베스트 작품 전격 출간!
현대판타지, 그 상상력의 한계를 넘어서다!

권고사직을 당한 지 2년째의 백수 권혁준.

우연히 타게 된 괴상한 발명품으로 인해
과거로 회귀한다!

그런데
과거로 온 혁준의 손에 들려 있는 것은 바로
최신형 스마트폰!

"까짓 세상, 죄다 가져 버리겠다 이거야!"

백수였던 혁준의 짜릿한 인생 역전이 시작된다!

야차전기

임영기 新무협 판타지 소설

FANTASTIC ORIENTAL HEROES

『무정도』, 『등룡기』의 작가 임영기.
2015년 봄, 야차가 강림한다!

"오 년 후에 백학무숙을 마치게 되면
누나를 찾아오너라."
가문의 멸망.
복수만을 꿈꾸며 하나뿐인 혈육과 헤어졌다.
하지만 금의환향의 길에 벌어진 엇갈림…

모든 것이 무너진 사내 화용군!
재처럼 타버린 위에
삼면육비(三面六臂)의 야차가 되어 살아났다!

악이여, 목을 씻고 기다려라!

Book Publishing CHUNGEORAM

유행이 아닌 자유추구 -
WWW. chungeoram.com